MEURTRE SUR CANAPÉ

J.B. LIVINGSTONE

MEURTRE SUR CANAPÉ

EDITIONS GERARD DE VILLIERS

ISBN 2-7386-5828-8

Le cynisme, c'est connaître le prix de tout et la valeur de rien.

Oscar Wilde

CHAPITRE PREMIER

Keer Gardens était un immeuble neuf de la City, construit derrière le Royal Exchange, la Bourse de Londres, dont la façade, construite par William Tite en 1844, ressemblait à celle d'un temple grec, avec son fronton triangulaire et ses colonnes à chapiteaux composites. Lorsque la reine Victoria avait inauguré l'édifice, l'Angleterre régnait sur un vaste empire.

Lui se contentait de régner sur le cœur d'une femme, mais cet empire-là ne valait-il pas l'autre ? La retrouver en secret, comme chaque mois, demeurait une aventure extraordinaire. Qui aurait pu soupçonner leur relation ? Jouir de ce mystère l'excitait au plus haut point.

Il n'aimait pas beaucoup le nouveau visage que prenait la City, avec quantité de constructions modernes qui rongeaient peu à peu le cœur historique de Londres, déjà bien éprouvé par le Grand Incendie de 1666. Mais il fallait vivre avec son temps et, à dire vrai, il se moquait de l'architecture et ne songeait qu'aux charmes de la femme fabuleuse qu'il allait retrouver, après avoir pensé à elle pendant vingt-neuf jours.

Par bonheur, il pleuvait.

Il enfonça son chapeau à large bord sur sa tête, chaussa des lunettes fumées, et monta le col de son imperméable. Dans la main droite, il tenait l'attaché-case classique de l'homme d'affaires efficace et pressé, dans la gauche l'indispensable parapluie. Il prenait soin de modifier sa démarche habituelle, de se voûter ou de se grandir, bref de se donner une allure différente de la sienne propre.

À chacune de ses visites, il passait devant le gardien de l'immeuble, un sexagénaire perpétuellement penché sur des revues stupides relatant les faits et gestes de la famille royale et de l'aristocratie britannique. L'homme ne levait jamais la tête et serait bien incapable de donner une description des centaines d'hommes et de femmes qui entraient et sortaient chaque jour de Keer Gardens.

Gardens, « les jardins »... Ils n'existaient que dans l'imagination de l'architecte, qui s'était engluée dans la froideur du béton et l'anonymat d'une décoration passe-partout, identique à celle des autres buildings « fonctionnels », bâtis à l'identique dans n'importe quelle ville du monde.

Cette médiocrité vaguement luxueuse lui convenait. Quantité de sociétés louaient ici bureaux et sièges sociaux, à l'année, au mois, à la semaine, parfois même à la journée ; il ne voyait personne, personne ne le voyait.

Il entra dans l'un des dix ascenseurs et appuya sur le bouton du sixième étage. Pendant le court trajet, il songea aux courbes charmantes de sa maîtresse, à sa séduction incomparable, à sa manière de l'attirer et de le repousser, à sa magie si diabolique qu'elle eût, en d'autre temps, été condamnée comme sorcière.

Les portes de l'ascenseur s'écartèrent, il jeta un œil sur le palier.

Personne.

Si un curieux avait été présent, il serait monté à l'étage supérieur et aurait effectué autant de manœuvres que nécessaire avant de sortir une clé de la poche de son imperméable et de l'enfoncer dans la serrure de la porte d'un bureau sur laquelle était apposée une plaque : « Ego Productions ».

Aucun bruit.

Était-elle déjà arrivée ou serait-il le premier? Tremblant, il entra.

Deux pièces et une salle d'eau. Un local fonctionnel dont le mobilier, cependant, aurait surpris un bureaucrate bon teint. Ni machines, ni téléphone, ni meubles de rangement, mais un lit de repos canné en acajou de Cuba, deux fauteuils de planteur aux accoudoirs se dédoublant en repose-pieds et une table à thé au pied à trois branches, comme il se devait sous le règne de Victoria. Dans une petite armoire en palissandre au fronton élégant, des peignoirs et des serviettes de bain.

Dès qu'il sentit son parfum, où dominait l'odeur du santal, il ferma les yeux.

Oui, elle était déjà là, dans la salle d'eau, en train de se déshabiller, de quitter ses vêtements du dehors, de l'existence terne et grise du monde extérieur, pour revêtir une robe d'intérieur grenat, au décolleté très profond... À moins qu'elle eût choisi de lui apparaître comme Ève avant la sortie du paradis.

Il ouvrit les yeux.

Elle avait choisi la seconde solution.

Elle se jeta à son cou, lui arracha ses vêtements, et ils s'étendirent sur le lit en acajou de Cuba.

★

Il prenait sa douche.

Depuis plus d'un an, ils se donnaient ainsi rendez-vous, sans savoir qui ils étaient. Telle était la règle de leur jeu : ne pas se poser de questions, ne pas tenter d'identifier l'autre, et se consacrer uniquement au plaisir d'une liaison à nulle autre pareille. C'était à la fois doux et violent, inquiétant et rassurant; le secret nourrissait leur passion, ils ignoraient même leur prénom, s'appelaient « chéri » et « chérie », utilisant souvent, comme n'importe quel couple, de petits noms plus ou moins ridicules qui rythmaient leurs ébats.

Ils n'arrivaient ni ne partaient ensemble, et s'étaient promis de ne pas se suivre. Jamais la conversation ne portait sur leur travail, sur leurs goûts, sur l'existence qu'ils menaient en dehors de leur lieu de rendez-vous.

C'était merveilleux ainsi, et ils s'en satisfaisaient. À chaque nouvelle étreinte, ils avaient l'impression de se découvrir pour la première fois. Ne jouissaient-ils pas du meilleur d'eux-mêmes, loin des vicissitudes du quotidien ?

Pourtant la curiosité s'était emparée d'elle, mais elle avait réussi à repousser cette pulsion infantile qui risquait de tout détruire.

Il prenait sa douche, et sa veste était posée sur l'accoudoir d'un des fauteuils de planteur. Pieds nus, elle s'approcha. Il lui suffisait de tendre la main, de sortir le portefeuille et de regarder ses papiers pour connaître son nom, son adresse, peut-être sa profession.

Non, elle ne devait pas.

En agissant ainsi, elle trahissait leur pacte et briserait un amour exceptionnel dont elle avait tant besoin. Non, elle n'aurait pas dû, mais c'était si tentant... Et puis il ne saurait pas, et elle oublierait aussitôt ce qu'elle avait appris ! Oui, elle se le jurait à elle-même, elle ne se souviendrait de rien.

Elle sortit le portefeuille de la veste, l'entrouvrit d'une main hésitante, et regarda.

Quelle ivresse supplémentaire, quel plaisir d'ouvrir une porte interdite et de savourer un fruit défendu !

— Pourquoi as-tu fait ça ?

La voix de son amant lui glaça le sang.

Il se tenait sur le seuil de la salle d'eau, une serviette autour de la taille, et la contemplait avec un regard qu'elle ne lui connaissait pas.

— Non, non... Je n'ai rien fait !

— Tu as consulté mes papiers, n'est-ce pas ?

— J'en ai eu envie, mais j'ai renoncé.

— Je t'ai vue.

— J'ai tout oublié, je te jure !

— Comme c'est dommage, ma chérie, comme c'est dommage... Nous vivions une aventure magnifique, inespérée, et tu viens de tout gâcher.

— Ne crois pas ça, notre passion est intacte !

— Pourquoi avoir brisé notre pacte ?

— Oublie ce moment de folie, je t'en supplie !

— Tu sais qui je suis, et tu ne pourras plus l'oublier. Désormais, tu ne m'aimeras plus comme tu aimais l'inconnu que j'étais.

— Tu te trompes, chéri.

Il ôta sa serviette et s'approcha d'clle.

Un instant, elle crut qu'il lui pardonnait sa bêtise et qu'il allait de nouveau la prendre dans ses bras. Mais, d'un geste d'une rare violence, il l'étrangla avec la pièce de tissu humide. Il serra si fort que l'air lui manqua aussitôt et qu'elle ne put prononcer aucune supplication.

Ses yeux étaient glacés, comme ceux d'un tortionnaire qui venait de perdre son jouet favori.

Inerte, les bras ballants, elle tomba à ses pieds.

Elle n'avait été qu'une femme curieuse, incapable de s'élever à la hauteur de sa passion. Juste était le châtiment qu'il lui avait infligé.

Il s'habilla, ramassa les vêtements de la morte qu'il brûlerait chez lui, et quitta le local de Keer Gardens qu'il effacerait de sa mémoire.

CHAPITRE II

Le début du mois de juin était anormalement chaud et sec. Après une semaine pluvieuse, excellente pour la croissance des plantes, le soleil avait percé le manteau nuageux et contraint l'ex-inspecteur-chef Higgins à nourrir sans délai ses *climbers*, les rosiers grimpants, avec une mixture végétale de sa composition, exempte de tout produit chimique. C'était sans doute pourquoi deux couples de grands porte-queue, de splendides papillons aux ailes jaune et noir, voletaient en cadence au-dessus des fleurs épanouies, à l'abri du vent.

Plutôt trapu, de taille moyenne, les cheveux noirs, la lèvre supérieure ornée d'une moustache poivre et sel taillée et lissée à la perfection, les tempes grisonnantes, l'œil vif, parfois malicieux, l'allure débonnaire et la distinction innée, Higgins, pourtant considéré comme le meilleur « nez » de Scotland Yard, avait pris une retraite anticipée pour ne pas déroger à certains principes spirituels et moraux qui, à ses yeux, comptaient plus que les échelons d'une carrière.

C'est pourquoi il s'était retiré sur ses terres, dans son manoir familial de The Slaughterers, sis dans la vieille et paisible province du Gloucestershire, loin du bruit et de l'agitation des grandes villes. L'ex-inspecteur-chef s'occupait de son chat, Trafalgar, un superbe siamois aux yeux bleus dont l'intelligence n'avait d'égale que sa gourmandise, entretenait sa pelouse, bichonnait sa roseraie, relisait les bons auteurs et faisait de longues promenades en forêt où il rencontrait quelques amis fidèles, dont un sanglier solitaire.

L'ex-inspecteur-chef appréciait la beauté sereine de sa demeure traditionnelle au toit d'ardoise, aux murs de pierre blanche, au porche soutenu par deux colonnes, aux fenêtres du XVIIIe à petits carreaux rythmant deux étages disposés selon le Nombre d'Or, et aux hautes cheminées de pierre dressées, immeubles, vers le ciel habituellement couvert.

Attirant la confiance d'autrui, Higgins eût été un parfait confesseur si le destin ne l'avait pas conduit à lutter contre le crime et à empêcher qu'il ne fût parfait ; à maintes reprises, même depuis sa retraite, le Yard avait fait appel à lui pour dénouer les fils d'intrigues complexes et empêcher de graves scandales d'éclater. La vérité sur de nombreuses affaires brûlantes se cachait à l'intérieur des carnets noirs que remplissait Higgins pendant ses enquêtes et qu'il classait avec soin dans une armoire secrète de son manoir, dont lui seul connaissait le mécanisme d'ouverture. Vérité souvent trop effroyable pour être portée à la connaissance du grand public qui devait se contenter de la version édulcorée des différents moyens d'information.

Higgins se pencha avec beaucoup d'attention sur Nil Bleu, une rose à petites feuilles luisantes et aux longues tiges fragiles, qui exigeait des conversations quotidiennes pour se souvenir du soleil d'Égypte, sous lequel elle était née. L'ex-inspecteur-chef lui parlait de ses voyages, de son adolescence en Orient, des êtres merveilleux qu'il avait rencontrés, de l'embrasement des aubes et de la plénitude des couchants.

Comme les scientifiques l'avaient établi, retrouvant une réalité bien connue des anciens, le dialogue avec les plantes et les fleurs était indispensable à leur croissance. Nil Bleu s'en portait bien et ne manquait pas de récompenser Higgins en lui offrant une couleur incomparable.

Soudain, un bruit inhabituel troubla Higgins. Un mélange de croassement, de froissement d'ailes et de succion d'un liquide. En se retournant, l'ex-inspecteur-chef aperçut une corneille qui se désaltérait, sur sa pelouse, en s'abreuvant au jet d'eau que le policier avait omis d'interrompre. Stupéfait, il se remémora les phrases de la lettre récente que venait de lui adresser sa grande amie de Pézenas : « Dans mon jardin, écrivait-elle, il m'arrive de faire des rencontres sidérantes ! J'arrosais la pelouse au jet quand est tombé à mes pieds, échevelé, tourbillonnant, dégingandé, ébouriffé et péremptoire, un oiseau noir qui, sans façon, s'est planté devant moi, pour boire à longs traits l'eau sortant du tuyau, avant de prendre son bain, présentant tour à tour la tête, le dos, la queue, battant des ailes, sautillant. » Cet étrange personnage avait-il volé du Midi de la France jusqu'au Gloucestershire ?

Higgins ne dérangea pas la corneille et attendit la fin de ses ébats avant de couper l'eau. Respecter la nature faisait partie des luxes qu'il pouvait s'offrir.

Quand Mary apparut à la lisière du jardin, Higgins pressentit la catastrophe.

À soixante-dix ans, Mary, la gouvernante du domaine, avait bon pied bon œil. Croyant en Dieu et en l'Angleterre, dotée d'une santé de fer qui lui faisait condamner comme malades imaginaires tous ceux qui se plaignaient d'une affection quelconque, elle avait traversé deux guerres mondiales sans le moindre rhume. Contrairement à Higgins, Mary croyait au progrès et avait introduit dans ses quartiers réservés un téléphone, une radio, un réfrigérateur, et même une télévision, instruments barbares qui, selon Higgins, conduisaient l'humanité à la déchéance. La gouvernante, persuadée que le Yard était un repaire de brigands, lisait avec assiduité des journaux à scandales comme *The Sun*, non sans avoir consulté la première le *Times* de Higgins qu'elle repliait et glissait sous la bande d'abonnement. Faisant semblant de ne pas s'en apercevoir, l'ex-inspecteur-chef respectait le pacte passé avec Mary : chacun son domaine, respect mutuel des territoires privés et des horaires de repas. Dans sa cuisine privée, la gouvernante préparait de remarquables plats qu'un cuisinier français de premier plan n'aurait pas désavoués.

Mais, à cet instant, Higgins ne songeait pas au déjeuner. Les poings sur les hanches, Mary était en proie à une véritable colère.

— Où se trouve votre maudit chat ?

— Trafalgar se repose dans son fauteuil, devant la cheminée du grand salon.

— Il se repose, ce monstre ! Savez-vous ce qu'il a fait, cette nuit ?

— Je n'ai rien constaté d'anormal, avança Higgins avec prudence.

— Votre chat s'est introduit dans ma cuisine et a rongé les bourrelets de la porte du réfrigérateur.

Ensuite, il a réussi à l'ouvrir et a dévoré une pintade et une énorme portion de charlotte à la framboise. Je suppose que le reste des provisions est indemne parce que la panse du voleur était pleine à craquer !

— C'est fâcheux, reconnut Higgins, pensant néanmoins qu'un tel drame eût été évité dans un garde-manger à l'ancienne, selon les bonnes vieilles méthodes de conservation.

Il évita néanmoins de s'engager sur ce terrain, convaincu qu'une discussion technique ne calmerait pas la colère de Mary.

— Je m'engage à remplacer les bourrelets, affirma-t-il, non sans solennité.

— Il faut une sanction sévère, estima Mary ; le vol est un délit très grave.

Higgins redoutait les exigences de la gouvernante ; la négociation risquait d'être dure.

— Ce chat doit être privé de déjeuner.

— Privé, c'est peut-être excessif... Admettriez-vous une restriction ?

— Vous misez sur ma faiblesse naturelle !

— J'assume mon rôle d'avocat de la défense. Étant donné qu'il s'agit d'une première faute grave, je plaide l'indulgence.

— Nous nous en tiendrons à une cuisse de poulet sans sauce et sans garniture. Bien entendu, pas de dessert.

— Je parlerai à Trafalgar, il comprendra.

Mary retourna à ses fourneaux, Higgins à sa roseraie, cherchant les mots qui ne heurteraient pas la susceptibilité du félin.

Le retour précipité de la gouvernante lui fit craindre un revirement négatif ; mais, cette fois, Mary semblait plutôt émue.

— Le téléphone, pour vous...

— Auriez-vous l'obligeance de répondre que je suis absent ?

— Ce n'est pas possible... Le secrétariat de *Queen Mum* vous réclame.

Queen Mum, la reine mère, symbole de l'Angleterre indestructible et triomphante, l'idole de Mary et de la quasi-totalité des sujets de Sa Majesté !

Higgins pénétra dans la cuisine privée de Mary et s'empara du combiné ; la gouvernante tendit l'oreille, mais ne perçut que des bribes d'une brève conversation.

L'ex-inspecteur-chef raccrocha, Mary ne cacha pas sa curiosité.

— Que vous veut-elle ?

— Une invitation à déjeuner. Je suis malheureusement obligé de me rendre à Londres.

★

Higgins appliqua avec un blaireau la mousse à raser qu'il avait préparée dans un bol en bois de rose. Maniant une fine lame d'une main sûre, il se rasa à la perfection, puis coupa un poil blanc indiscipliné qui troublait l'ordonnance de sa moustache poivre et sel. L'ex-inspecteur-chef luttait contre la négligence, car il la considérait comme une expression vicieuse du mépris d'autrui.

Higgins se vêtit d'une chemise en popeline sur mesure, d'un pantalon de flanelle anthracite de chez Trousers, dans Regent Street, et d'un blazer bleu confectionné par son tailleur personnel, œuvrant chez Stovel and Mason. Un nœud papillon à discrets pois rouges compléta l'ensemble. Bien entendu, l'ex-inspecteur-chef n'oublia pas son *Tielocken*, le seul imperméable qui méritait cette appellation et s'alliait avec le costume le plus élégant.

Lorsqu'il sortit de ses appartements, Mary perçut la senteur subtile de l'eau de toilette *Jubilee Bouquet*, de chez Penhaligon's, créée pour célébrer le couronnement d'Élisabeth II. Son odeur envoûtante de feuilles de noyer froissées était d'une élégance suprême ; fascinée, la gouvernante se garda bien de féliciter Higgins.

— Tâchez de bien vous comporter avec *Queen Mum*, recommanda-t-elle ; il en va de l'honneur de cette maison.

— Puis-je vous demander un service, Mary ?

— Dites toujours.

— À cause de cette chaleur inhabituelle, Nil Bleu est un peu perturbé ; auriez-vous l'obligeance de lui parler toutes les trois heures, avec votre voix la plus douce ?

CHAPITRE III

La dernière impératrice des Indes, élevée à la dignité de reine douairière depuis la mort de son mari George VI en 1952, était adulée par un peuple qui se souvenait de son attitude héroïque pendant la Seconde Guerre mondiale. D'Elizabeth Bowes-Lyon, devenue reine d'Angleterre, Hitler n'avait-il pas dit qu'elle était « la femme la plus dangereuse du monde » ? C'était pendant ce terrifiant conflit qu'elle avait rencontré Higgins, et tous deux se souvenaient de moments difficiles où la mort les avait frôlés de près.

La reine mère reçut l'ex-inspecteur-chef dans l'un des salons de sa résidence londonienne de Clarence House, donnant sur le Mall. De temps à autre, elle aimait s'entretenir avec Higgins du bon vieux temps, même si ce dernier avait été marqué par des drames et des atrocités. Le tout jeune inspecteur du Yard se souvenait du fameux épisode de 1939 au cours duquel la reine, en voyage au Canada, s'était mêlée à une foule de plusieurs milliers de vétérans de la Grande Guerre, bafouant toutes les consignes de sécurité. Né sous le signe du chat, selon l'astrologie orientale, Higgins avait repéré et intercepté un agent nazi qui avait reçu l'ordre de supprimer Élisabeth. Bien qu'il ne se fût pas vanté de son geste, elle ne l'avait jamais oublié.

L'apéritif ne pouvait être qu'un Martini dry, le tonique préféré de la reine mère.

— C'est vous, bien entendu, qui m'avez fait parvenir plusieurs bouteilles d'un remarquable champagne.

— En effet, Majesté; j'ai supposé que vous l'apprécieriez. Il est dû au talent de la famille Beaufort, à Ambonnay, qui refuse l'utilisation de désherbants et d'engrais chimiques, et traite toutes ses vignes à l'homéopathie.

— Eh bien, nous l'essaierons pendant le repas. Quand vous déciderez-vous, mon cher Higgins, à faire connaître vos titres et vos décorations?

— Je crains que la question ne soit pas à l'ordre du jour, Majesté.

— En auriez-vous honte?

— Mon anonymat m'évite d'être invité à quantité de soirées assommantes.

Queen Mum sourit.

— Toujours aussi indomptable!

— Simplement soucieux de préserver une certaine forme d'existence qui permet d'écouter les oiseaux, de lire de bons auteurs et de voir s'épanouir les roses.

— M'aiderez-vous néanmoins à résoudre un petit problème?

— Que pourrais-je refuser à Votre Majesté?

— C'est tout simple et vous n'en aurez pas pour longtemps. Vous savez combien j'aime les chevaux...

— L'Angleterre entière connaît votre passion.

— Lors d'une réception, il y a un mois environ, j'ai croisé une Indienne d'une quarantaine d'années, jolie et intelligente, et surtout fascinée par les chevaux. Elle prétendait connaître un grand éleveur de notre ancienne colonie qui aurait pu me proposer un étalon exceptionnel. Je l'ai invitée à dîner, la semaine dernière, mais elle n'est pas venue, et mes efforts pour la retrouver furent vains. Étrange, non ?

— Incorrect et surprenant, en effet. Avez-vous alerté Scotland Yard ?

La reine mère Élisabeth déploya le charme fameux qui envoûtait le Royaume-Uni.

— Scotland Yard, c'est vous, mon cher Higgins...

— Si peu, Majesté. La retraite...

— Des gens de votre trempe prennent-ils jamais leur retraite ? J'aimerais que vous retrouviez cette personne, née de père anglais et de mère indienne, et qui s'appelle Savitri Jong. Ne disposez-vous pas de l'indice essentiel ?

Higgins nota le nom sur un carnet noir, à l'aide d'un crayon finement taillé à la main. *Queen Mum* ne dissimula pas sa satisfaction ; ce geste marquait le début de l'enquête.

Le maître d'hôtel apporta une jatte en cristal remplie de caviar.

— Et si vous me parliez de votre roseraie ? demanda la reine mère.

★

Le superintendant de première classe Scott Marlow tenait bon sous le poids écrasant des dossiers administratifs qui accompagnaient chaque enquête criminelle et ralentissaient souvent sa progression. Comme le Yard connaissait son dévouement et sa capacité de travail, il n'échappait à aucun des avatars inventés par des bureaucrates plus soucieux de paperasses que de vérité.

Sur le bureau du superintendant, les fleurs préférées de la reine Élisabeth : des iris et œillets. Pour Scott Marlow, la souveraine du Royaume-Uni était la plus belle femme du monde, et il rêvait d'appartenir un jour au corps d'élite qui assurait sa protection rapprochée. Le front bas, les lèvres épaisses et le teint rougeaud, le superintendant avait élu domicile dans son bureau moderne aux meubles design; servir la morale publique et assurer la sécurité des citoyens lui paraissaient être des tâches si importantes qu'elles excluaient toute vie privée. Comment retrouver l'éclat et la rigueur de l'époque victorienne, pendant laquelle Sa Gracieuse Majesté avait régné sur le monde? Affligé par la décadence des mœurs, Marlow n'en continuait pas moins à combattre pour préserver la respectabilité du Yard.

Lorsque Higgins poussa la porte vitrée de son bureau, le superintendant se frotta les yeux. N'était-il pas victime d'une hallucination? L'ex-inspecteur-chef n'avait pas coutume de quitter son domaine pour se rendre au Yard où, pourtant, sa légende ne cessait de grandir.

— Est-ce bien vous, Higgins?

— C'est bien moi, mon cher Marlow.

Le superintendant éprouvait une réelle admiration pour l'ex-inspecteur-chef, dont l'intuition avait souvent permis d'identifier des assassins particulièrement retors, bien qu'il ne fût pas partisan de la police scientifique que Scott Marlow considérait comme la meilleure arme d'avenir contre le crime. Quant à Higgins, il considérait son collègue comme un policier consciencieux et responsable, dont l'honnêteté foncière devenait une rareté appréciable.

— Auriez... vous un ennui ?

— D'une certaine manière, oui, et j'aurais besoin de vous.

— Si je peux vous aider, Higgins, ce sera volontiers.

Sur la plaque de verre fumé servant de table de travail au superintendant, Higgins posa un paquet soigneusement ficelé.

— Je n'ai nullement l'intention d'acheter votre conscience, mon cher Marlow, mais j'ai songé à vous en passant chez un antiquaire de mes amis. Je cherchais un pare-feu ancien et j'ai trouvé... ceci.

Higgins ôta les ficelles de l'emballage, formé de plusieurs couches de papier et de ouate, faisant apparaître un pot à eau en fine porcelaine blanche.

Dans le cadre froid et métallique du bureau de Marlow, l'objet semblait plutôt incongru. De plus, le superintendant préférait le whisky à l'*aqua simplex*.

— Regardez bien, mon cher Marlow.

Le superintendant de première classe se pencha sur le pot à eau. Il distingua un chiffre à l'or fin, un chiffre qui le laissa sans voix.

— Ce n'est pas possible...

— Mais si, mon cher Marlow. Ce petit chef-d'œuvre faisait bien partie d'un service de toilette fabriqué par la manufacture de Sèvres, sur l'ordre de Napoléon III et d'Eugénie, à l'intention de la reine Victoria, lors de sa visite officielle en France, en 1855.

Le superintendant était abasourdi.

— Et c'est... pour moi ?

— Je connais votre admiration pour Victoria et serais ravi, si vous acceptiez ce modeste présent.

— Modeste... Mais c'est un véritable trésor !

Marlow palpa le pot à eau avec tendresse.

— Jamais je n'aurais espéré posséder une telle merveille... Comment vous remercier, Higgins ?

— En profitant pleinement de ce petit bonheur.

— Et votre ennui ?

— La recherche d'une personne disparue.

— Ce n'est pas votre spécialité, me semble-t-il.

— Certes, superintendant, mais il ne m'est pas possible de refuser la requête de *Queen Mum.*

— *Queen Mum*, répéta Scott Marlow, admiratif. C'est elle qui...

— C'est bien elle.

— Et... qui a-t-elle perdu ?

— Une Indienne nommée Savitri Jong. Il ne s'agit que d'une vague relation, mais la reine mère tient à s'entretenir avec cette femme âgée d'une quarantaine d'années.

— *Queen Mum...* Mais cette enquête devient prioritaire !

Marlow consulta aussitôt le service des personnes disparues ; le nom de Savitri Jong n'y était pas répertorié. Le superintendant évoqua son cas et donna un signalement, correspondant à la description qu'avait faite la reine mère à Higgins à la fin du déjeuner : cheveux noirs et longs, grands yeux de biche marron, un grain de beauté sous l'œil droit. Plusieurs enquêteurs furent aussitôt lancés sur la piste de la jeune femme ; ils commenceraient par vérifier les listes de passagers dans les aéroports et d'éventuelles déclarations dans les commissariats.

L'un des subordonnés de Scott Marlow frappa à sa porte.

— Pardonnez-moi, superintendant, mais je crois votre intervention nécessaire.

— Encore un dossier ?

— Non, un crime.

CHAPITRE IV

Keer Gardens était exactement le genre d'immeuble que Higgins détestait. Non seulement il défigurait la City, mais encore il enlaidissait l'âme de Londres, de plus en plus prisonnière d'une modernité que les générations futures jugeraient sans doute catastrophique.

L'ex-inspecteur-chef avait accepté d'accompagner Marlow sur les lieux du crime, à l'invitation de ce dernier; l'avis du meilleur « nez » du Yard pourrait peut-être faire gagner du temps. D'abord réticent, Higgins avait fini par céder, un peu par amitié et beaucoup par curiosité; avoir mené à leur terme un nombre important d'enquêtes n'avait pas éteint en lui le goût de la vérité.

À contrecœur, Higgins pénétra dans l'ascenseur. Ce genre d'engin ne lui inspirait aucune confiance, mais Marlow n'avait nulle envie de monter six étages à pied.

Sur la porte d'un bureau aussi anonyme que les autres portes des autres bureaux, une plaque : « Ego productions. » Un policier en uniforme montait la garde.

— C'est ici ?

— Oui, monsieur, répondit le bobby.

— L'Identité judiciaire a-t-elle fait son travail ?

— Oui, monsieur; elle attend votre autorisation pour enlever le cadavre.

— Savez-vous qui a découvert le drame ?

— Oui, monsieur : le gardien d'immeuble. À cause d'une alerte à l'incendie, déclenché à la suite d'un mauvais fonctionnement du système de sécurité au sixième étage, il a respecté les consignes en pénétrant dans chaque bureau. Comme personne ne répondait dans celui-là, il a utilisé son passe et découvert la morte.

— Bel esprit de synthèse, mon garçon, et remarquable rapport; considérez votre promotion comme acquise.

— Merci, monsieur.

Higgins et Marlow, recueillis et silencieux, pénétrèrent dans le domaine d'« Ego productions ». L'un et l'autre, attentifs, explorèrent du regard les lieux du crime. Ils connaissaient l'importance de ce premier contact avec la tragédie qui s'était déroulée dans ces deux pièces.

Et il y avait cette femme dévêtue, le corps désarticulé, inerte, le cou brisé, étendue sur un lit de repos comme si elle dormait dans une position quelque peu inconfortable.

— Quelle horreur, murmura Marlow, qui ne s'habituait pas à ce genre de spectacle.

Higgins ploya un genou, malgré son arthrose, et examina la malheureuse.

— Avez-vous remarqué, superintendant ? De longs cheveux noirs, de grands yeux marron et un grain de beauté sous l'œil droit... Et, indubitablement, elle est d'un type indien.

— Vous pensez à Savitri Jong ?

— C'est une éventualité.

Higgins se releva, bouleversé. Cette femme était belle et séduisante ; malgré l'évidence, elle semblait encore pleine de vie et de sensualité. À cet instant, l'ex-inspecteur-chef se jura d'identifier son assassin. Voir briser une vie avec tant de cruauté le révoltait ; mais il devait faire taire ses réactions affectives pour mieux laisser son esprit entrer en action, sans *a priori* et sans idées toutes faites.

Sous l'effet d'un coup de coude, la porte d'« Ego productions » s'ouvrit, cédant le passage à Babkocks, le meilleur légiste du Royaume-Uni. Sosie de Winston Churchill, perpétuellement mal embouché, engoncé dans une veste d'aviateur de la Royal Air Force dont il bourrait les poches de déchets de tabacs exotiques, il ne se déplaçait que sur une moto pétaradante qu'il avait rapporté d'El-Alamein. Grand amateur de whisky écossais, provenant d'une distillerie clandestine, il pratiquait la médecine légale à sa manière mais obtenait des résultats surprenants qu'aucun spécialiste n'avait jamais contestés. Un gros cigare fiché sur la gauche de ses lèvres, il s'immobilisa devant le cadavre et émit un sifflement admiratif.

— Ça me change des noyés et des brûlés ! Quelle belle fille... Déjà sur le terrain, Higgins ?

— Concours de circonstances, mon cher Babkocks.

— Te connaissant, ça m'étonnerait ! Et puisque notre ami Marlow est en service, c'est un crime de première catégorie. Les guignols de l'Identité judiciaire ont-ils terminé leur besogne ?

— En effet, dit le superintendant pincé.

— Bon, alors cette fille m'appartient.

Babkocks se pencha à son tour sur le cadavre.

— On l'a étranglée avec une serviette humide, conclut-il après un bref examen.

— Homme ou femme ? demanda Higgins.

— Impossible à dire, mais on a serré très fort et pendant peu de temps. Une décharge de haine. Pour en savoir plus, je dois procéder à une autopsie. À première vue, c'est un crime bien net et sans complication.

Marlow appela le policier en fonction qui aida Babkocks à introduire le corps dans une housse en plastique. Le légiste plaça le macabre fardeau sur son épaule droite.

— Ce n'est pas très réglementaire, monsieur. Nous devons attendre...

Babkocks projeta un nuage de fumée dans le visage du bobby.

— Je n'ai jamais perdu un cadavre, jeune homme, et je travaille comme je l'entends. Dégagez mon chemin.

Marlow approuva d'un signe de tête. Le bobby libéra le passage et reprit sa fonction.

— Nous allons diffuser le portrait de la victime, annonça le superintendant, et nous obtiendrons une identification certaine. Je téléphone immédiatement au Yard.

— Pas de ce local, objecta Higgins ; il ne contient ni téléphone ni machine à écrire.

— Bizarre, pour un bureau !

— C'est la première remarque qui s'impose, reconnut l'ex-inspecteur-chef en écrivant quelques mots sur un carnet noir. Ces deux pièces n'étaient pas destinées au travail.

Un lit de repos, deux fauteuils, une table à thé victorienne, une petite armoire en palissandre au fronton élégant, une salle d'eau... On était fort loin, en effet, de l'atmosphère habituelle d'un bureau.

— Qu'est-ce que ça signifie, Higgins ?

— Que cet endroit était un lieu de rendez-vous dissimulé dans un immeuble de bureaux. L'état de la victime semble prouver qu'elle ne venait pas ici pour y traiter des contrats.

— Quelle curieuse idée ! Songez-vous à un couple désirant abriter des amours illégitimes ?

— C'est la solution la plus probable, en effet.

— Il tenait à un secret presque absolu !

— Je partage votre avis, superintendant.

— Cette malheureuse devait avoir pour amant un personnage des plus étranges.

— Du moins tenait-il à une si grande discrétion que sa liaison ne devait être connue de personne. En louant un bureau dans un immeuble où entrent et sortent des centaines de gens uniquement préoccupés par leurs affaires, ni lui ni elle ne risquaient d'être remarqués.

— Et s'il s'agissait d'une mise en scène ? Si l'assassin avait dévêtu cette femme pour nous faire croire à des rapports amoureux qui n'auraient jamais existé ?

— Une hypothèse à ne pas rejeter.

Sur la table à thé au pied à trois branches, une théière en porcelaine avec une anse dont la forme ondulée était très caractéristique.

— Une Megwood, nota Higgins.

— Une pièce ancienne ?

— Non, une imitation récente, mais de bonne qualité.

— Elle ne paraît pas avoir beaucoup servi.

— Exact, superintendant ; un simple objet décoratif pour rendre ce cadre un peu plus chaleureux. L'homme et la femme qui se retrouvaient ici n'avaient peut-être pas le temps de prendre le thé.

— Il y a comme un parfum dans l'air.

— Oui, une odeur de santal. Le parfum de la victime.

— Voilà qui nous rapproche encore de l'Inde et de Savitri Jong.

Higgins examina les deux faûteuils de planteur aux accoudoirs se dédoublant en repose-pieds et le lit de repos en acajou de Cuba.

— Intéressant, dit-il.

— Qu'avez-vous décelé ? demanda Marlow.

— Le cannage est d'une qualité exceptionnelle ; c'est un véritable artiste qui l'a réalisé.

— Une signature ?

— La perfection de ce travail artisanal en est une.

Higgins traça quelques dessins sur son carnet, puis ouvrit les portes de l'armoire en palissandre. Sur les étagères, des peignoirs et des serviettes de bain sur lesquelles était posé un petit bloc de bronze ayant la forme d'un rocher. Sous la pile de serviettes, l'ex-inspecteur-chef découvrit un sous-verre montrant un cavalier, habillé à la mode du XVIIIe siècle, et se promenant dans la campagne.

— On jurerait un Gainsborough. Les couleurs, le style, l'atmosphère... Mais je ne connais pas l'original. Remarquable copie, exécutée par un connaisseur.

L'armoire ne contenait pas d'autres trésors.

Dans la salle d'eau, un savon raffiné à l'huile d'olive. Higgins appuya du pied gauche sur la pédale d'une petite poubelle métallique ; à l'intérieur, un flacon blanc couvert d'inscriptions.

— Gel antirides, sérum de jouvence, produit régénérant les couches profondes de l'épiderme... De séduisantes promesses, à première vue.

Le flacon était vide. La victime avait dû le jeter après l'avoir utilisé.

— Hélas ! déplora Scott Marlow, ni photographie ni objet personnel.

— L'assassin a emporté les vêtements de sa victime, ajouta Higgins.

— Et son sac à main. On dirait qu'il a tout fait pour nous empêcher de l'identifier !

Higgins arpenta de nouveau les lieux du crime, procéda à une seconde fouille approfondie et relut ses notes.

Scott Marlow était abattu.

— Un crime parfait... Nous n'avons rien à nous mettre sous la dent. Pas un indice, pas un témoignage, pas le plus petit début de piste !

— Ne soyez pas si pessimiste, superintendant.

— Qu'avez-vous découvert, Higgins ?

— Rien de significatif, je le crains, mais nous ne pouvons rien négliger.

— S'il s'agit bien de Savitri Jong, la reine mère va être désolée.

— Si nous interrogions le gardien d'immeuble ?

CHAPITRE V

L'immeuble de bureaux de Keer Gardens avait retrouvé sa sérénité. Les policiers en uniforme étaient partis et, contrairement à la mise en scène qui avait permis à Babkocks de scandaliser le jeune bobby, le cadavre de la jeune femme avait été évacué en ambulance pour être amené à la salle d'autopsie.

Le gardien, Ambrosius Braid, n'était pas mécontent de pouvoir retourner à une revue sulfureuse qui osait aborder les frasques de Margaret. Braid n'en croyait pas un mot, mais il imaginait mille et une scènes croustillantes, lorsqu'il entendit une voix qui ne ressemblait pas à celle de son héroïne du moment.

— Pourriez-vous nous accorder un entretien? demanda Higgins.

Le gardien leva les yeux, après avoir refermé précipitamment sa revue.

— Qu'est-ce que vous me voulez?

— Je suis l'inspecteur Higgins et voici le superintendant Marlow.

— Moi, je n'ai rien à faire avec la police.

Le gardien était petit, bedonnant et avait le teint couperosé. Il fut foncièrement antipathique à Marlow qui, à la place de Higgins, se serait montré beaucoup moins aimable.

— Nous aimerions connaître votre nom, dit ce dernier avec un bon sourire.

— Braid. Ambrosius Braid.

— Depuis quand êtes-vous en poste ?

— Depuis l'ouverture des bureaux, il y a cinq ans.

— Avez-vous exercé d'autres métiers ?

Braid réfléchit longuement.

— Ah... non, j'ai toujours gardé des immeubles. Ça vous gêne ?

— Tâchez d'être plus correct, intervint Scott Marlow, irrité.

— Oh là, oh là ! Moi, je n'ai rien à faire avec la police !

— Vous l'avez déjà dit.

— Parce que c'est la vérité ! Je n'ai jamais commis la moindre infraction, je n'ai même pas eu une contravention pour stationnement interdit.

— Et lire des revues scandaleuses calomniant la famille royale, n'est-ce pas un délit ?

Ambrosius Braid devint rouge brique.

— C'est... c'est en vente libre !

— Êtes-vous marié ? interrogea Higgins.

— Non, célibataire et sans enfants... Moi, les femmes et les rejetons, c'est pas mon fort.

— Et quel est votre fort, monsieur Braid ?

— Je... je ne sais pas.

— En quoi consiste exactement votre fonction ?

— À empêcher des personnes non autorisées à pénétrer dans l'immeuble.

— Et comment les identifiez-vous ?

— Ben... Une sale tête, une allure bizarre... C'est évident, non ?

— Vous examinez donc chaque personne qui franchit le seuil de Keer Gardens.

— D'un œil, inspecteur, d'un œil ! Avec l'habitude...

— Et lorsque vous êtes plongé dans la lecture, de quel œil vous servez-vous ?

— Euh... l'instinct. Ça ne trompe pas, l'instinct !

— Vous avez tout de même laissé passer un criminel, rappela Scott Marlow.

— Hé ! Ça ne me regarde pas, ça ! S'il était correctement habillé, pourquoi je l'aurais soupçonné ?

— Y avait-il souvent des visiteurs pour le bureau d'« Ego productions » ?

— Je n'en sais rien.

— Comment, vous n'en savez rien ?

— Mon rôle ne consiste pas à orienter les visiteurs. Plus loin, sur votre gauche, il y a un grand panneau avec les noms des sociétés, l'étage et un interphone.

— Ces derniers jours, interrogea Higgins, avez-vous vu passer quelqu'un de... bizarre ?

— Bien sûr que non ! Sinon, je serais intervenu.

— De quelle manière avez-vous découvert le crime ?

— Il y a eu une alerte au feu, au sixième. J'ai pris mon passe et je suis monté. La dernière fois que ça s'est produit, c'était au cinquième, et j'ai pu sauver une secrétaire qui faisait la sieste. Ce coup-là, rien de sérieux... le système de sécurité s'est déclenché tout seul. Par acquit de conscience, j'ai quand même frappé à la porte de chaque bureau. Imaginez que quelqu'un se soit trouvé mal ou qu'une cigarette mal éteinte se consume lentement dans une corbeille remplie de papiers... Comme « Ego productions » ne répondait pas, malgré mon insistance, j'ai utilisé mon passe.

— Cela vous arrive-t-il souvent ?

— Très souvent.

— Étiez-vous déjà entré dans ce bureau-là ?

— Jamais.

— Qu'avez-vous vu ?

— Ça, je ne suis pas près de l'oublier... Une femme nue, très belle, plutôt jeune, qui dormait sur un lit de repos. Je me suis retourné, vous pensez bien, et je l'ai appelée : « Madame, madame ! Vous ne vous sentez pas bien ? Vous voulez que je vous aide ? » Comme elle restait silencieuse, j'ai pensé qu'elle était victime d'un malaise... Et je ne savais vraiment pas quoi faire. Elle aurait été habillée, encore, mais là...

— Avez-vous fini par réagir ?

— Euh... non. Les pompiers sont arrivés, je les avais prévenus, ils ont examiné la femme et ont conclu qu'elle avait été assassinée. Ils ont appelé le Yard, je suis redescendu ici, et voilà.

— Aviez-vous déjà vu cette femme ? demanda Higgins.

— Impossible de vous répondre, inspecteur. Comme je vous l'expliquais, je ne prête attention qu'aux silhouettes, pas aux visages.

— Vous affirmiez remarquer les « sales têtes », objecta Scott Marlow.

— Façon de parler, superintendant. Si un type s'était présenté avec un bandeau autour du front, des anneaux dans l'oreille et de la peinture de guerre sur les pommettes, ça m'aurait frappé. Mais le cas ne s'est pas produit. Ne fréquentent cet immeuble que des gens corrects, bien habillés et sans histoire.

— À part un meurtre.

— Je sens qu'on n'a pas fini de m'embêter avec ça !

— Avez-vous noté un incident quelconque, ces derniers jours ? interrogea Higgins.

— Ah... non. Rien, rien de rien.

— Même pas une altercation entre deux personnes ?

— Non, même pas. Vous savez, ça entre, ça sort, ça s'engouffre dans l'ascenseur, c'est très pressé... Une vraie fourmilière.

— D'une manière ou d'une autre, vous êtes-vous occupé du bureau de la société « Ego productions » ?

— Sûrement pas !

— Lorsqu'on livre du mobilier, ne s'adresse-t-on pas à vous ?

— Bien sûr que non ! Les livreurs consultent le panneau des sociétés, les appellent par l'interphone et montent par l'ascenseur de service. Je ne peux quand même pas tout faire !

— Et pour le ménage ?

— Chaque société est libre d'agir comme elle l'entend. Certaines utilisent des entreprises de nettoyage, d'autres les aspirateurs collectifs mis à leur disposition dans un local spécial, à chaque étage.

— Si vous nous cachiez quelque chose, précisa Marlow menaçant, ce serait extrêmement grave.

— Mais enfin, je n'ai rien à cacher ! Vous n'allez quand même pas me faire des ennuis ?

— Vous jouissez bien de quelques loisirs, avança Higgins.

— Comme tout le monde...

— Pourrions-nous les connaître ?

— C'est légal, ça ?

Scott Marlow bouillonna.

— Vous avez intérêt à répondre à nos questions, Braid, sinon je vous garantis que vos ennuis seront des plus sérieux.

Le gardien se gratta le crâne.

— Mes seuls loisirs, c'est la lecture. Un bon livre, ça vous console de tous les petits soucis.

— Quels sont vos auteurs préférés ? s'enquit Higgins.

— Ce sont plutôt des thèmes...

— La famille royale, par exemple ?

— Par exemple.

— La reine mère en particulier ?

— Elle, je l'adore ! Sans *Queen Mum*, nous aurions perdu la guerre. Pendant que les Français collaboraient avec l'ennemi, nous, on se battait pour la liberté !

— Avez-vous été décoré, monsieur Braid ?

— Euh... non.

— Dans quelle arme serviez-vous ?

— J'étais aux cuisines d'un mess d'officiers, à Londres.

— Comme cuisinier ?

— Non, laveur de vaisselle.

— Autrement dit, vous n'avez pas affronté les nazis de manière directe.

— J'ai obéi aux ordres !

— Où habitez-vous ?

— Dans Curzon Street, une chambre au cinquième étage d'un vieil immeuble. C'est tout près de Shepherd Market où j'aime me promener, même si je n'ai pas les moyens d'acheter ce que proposent les antiquaires. Et l'avantage de ce quartier, c'est qu'il n'est pas loin de Buckingham. Même si je trouvais plus grand ailleurs, je ne m'en irais pas. Vivre à proximité de la famille royale, n'est-ce pas un privilège inestimable ?

— Ne quittez pas Londres, recommanda Marlow.

— Et pourquoi je le quitterais ? J'ai mon travail et mon logement ici !

— Bien, bien... Si un détail vous revenait en mémoire, avertissez immédiatement le Yard.

— Quel détail ? Je n'ai rien vu et je vous ai tout dit.

— Je l'espère pour vous, monsieur Braid.

CHAPITRE VI

Quand elle retrouvait Higgins, la vieille Bentley du superintendant, achetée d'occasion à un revendeur douteux, en grinçait d'aise. Son moteur manifestait une énergie juvénile et, bien qu'elle n'appréciât guère l'air de la capitale, la vénérable automobile se glissait avec aisance dans les embouteillages londoniens.

— Ce Braid est un type douteux, jugea Scott Marlow.

— Croyez-vous qu'il ment ?

— Il est rare qu'un gardien d'immeuble soit aussi peu observateur.

— Sa passion pour la lecture est un handicap professionnel.

— C'est un peureux. Supposez qu'il ait identifié l'assassin... Il le craint davantage que la police ! Et supposons même qu'il soit mêlé au crime, de près ou de loin : il a encore plus intérêt à se taire.

— Pour le moment, reconnut Higgins, aucune idée n'est à exclure. Lorsque nous aurons progressé, il sera plus aisé d'apprécier le rôle exact de monsieur Braid.

— Il vous déplaît autant qu'à moi. Je sais qu'il convient de se méfier des apparences, mais la sienne est vraiment peu engageante. Quand on occupe une position stratégique comme la sienne, peut-on être aussi mal informé ?

Higgins se contenta d'un hochement de tête non significatif.

— Procédons par ordre, superintendant.

— Rien de plus simple ! Priorité des priorités, identifier la victime. Dans la journée, sa photographie sera diffusée dans tous les aéroports du pays, dans tous les commissariats et postes de police grands et petits, dans toutes les ambassades et dans tous les consulats. Demain, nous attaquerons les hôtels. J'aimerais éviter la presse pour ne pas perturber la reine mère ; elle doit rester à l'abri des émotions fortes.

— Félicitations, mon cher Marlow.

— Dites-moi, Higgins... Êtes-vous persuadé que la victime soit la femme que vous recherchez ?

— La vérité sortira de l'enquête du Yard ; pourquoi s'encombrer l'esprit inutilement ? Tentons de tirer le maximum d'un mince détail : « Ego productions ».

★

Scotland Yard était une remarquable organisation, le réseau des amis de Higgins ne présentait pas moins de qualités. Ils se réunissaient régulièrement sous le couvert d'un cercle archéologique, afin d'échapper aux soupçons de Mary, et traitaient officiellement de graves sujets comme l'évolution des pieds de lampe de l'Alexandrie hellénistique ou l'existence de l'imparfait du subjonctif dans les textes hiéroglyphiques de l'ancienne Égypte. La table, fort bien servie, et les verres, fort bien remplis, les empêchaient souvent d'atteindre ces altitudes intellectuelles.

Entre eux, c'était à la vie à la mort ; le respect de la parole donnée leur apparaissait comme la valeur essentielle, et ils s'étaient donné leur parole de s'entraider en toutes circonstances, quelles que fussent les difficultés.

Watson B. Petticott appartenait à cette confrérie très fermée, lui, l'une des têtes pensantes de la Banque d'Angleterre, interlocuteur obligé du monde politique et des grands de la finance. Sosie de Sherlock Holmes, il se passionnait pour les enquêtes policières et regrettait parfois de n'avoir pas suivi le même chemin que Higgins. Il se consolait en recueillant certaines confidences de son ami et en l'aidant, quand l'occasion survenait, à progresser vers la vérité.

Watson B. Petticott reçut Higgins et Marlow dans son somptueux bureau de la Banque d'Angleterre, aux meubles austères et imposants en bois des îles, rappelant la puissance de l'Empire britannique. Les tapis précieux et les lourdes tentures accentuaient l'impression de gravité qui se dégageait de ce sanctuaire où tant de décisions capitales pour l'avenir du pays avaient été prises.

— Quel crime vous amène, messieurs ?

— Une jeune femme d'une quarantaine d'années, Savitri Jong, répondit Higgins.

— Désolé, elle ne fait pas partie de mes relations. Femme d'affaires ?

— Nous avons encore fort peu de détails, et nous ne savons même pas si cette Savitri Jong, que la reine mère aimerait revoir, est bien la même personne que celle qui fut assassinée à Keer Gardens.

— Keer Gardens, l'immeuble de bureaux modernes de la City ?

— Exact.

— Et *Queen Mum* dans le paysage... Mais c'est très excitant ! Comment puis-je t'aider ?

— Le cadavre gisait dans le bureau d'une société portant le nom d'« Ego productions ».

— C'est une plaisanterie ?

— Hélas, non ! Pourrais-tu me donner des renseignements sur cette entreprise ?

— Rien de plus facile.

Watson B. Petticott appela deux personnes qui le rappelèrent une dizaine de minutes plus tard, ce qui laissa le temps au banquier et aux deux policiers de déguster un *vintage*, un grand cru de Porto d'une onctuosité extraordinaire.

— J'en étais presque sûr, confessa Petticott : cette société n'existe pas. Seul un fou peut avoir déniché une appellation pareille !

— Peut-être pas, murmura Higgins, songeur.

★

Higgins n'appréciait guère le caractère glacé des bureaux modernes, équipés de fenêtres que l'on ne pouvait pas ouvrir et de chaises sur lesquelles on pouvait à peine s'asseoir. Et qui dénoncerait les graves méfaits des systèmes d'air conditionné qui véhiculaient des milliards de microbes, transmettaient nombre de maladies infectieuses et rendaient chroniques les rhumes et les migraines ? L'homme éprouvait un singulier penchant à se détruire lui-même pour d'obscures raisons de rentabilité et au nom d'un progrès aussi imaginaire que nocif.

Pendant que Marlow décrochait deux téléphones qui sonnaient en même temps, Higgins songea aux jours merveilleux de son adolescence, vécue en

Orient. Les êtres prenaient le temps de regarder, d'écouter, de sentir, d'aimer; l'harmonie avec la nature était jugée plus importante que la carrière et la fortune, et l'aube était toujours porteuse d'espérance.

— Ça y est! s'exclama Marlow, nous l'avons. Savitri Jong, trente-neuf ans, née à Bombay, père syrien, mère indienne. Fréquents séjours en Grande-Bretagne, réside dans des hôtels de luxe. Fortune personnelle en Inde.

— Savitri Jong...

— Eh oui, Higgins; la reine mère ne reverra jamais cette malheureuse.

— Pourquoi est-elle venue mourir dans un bureau de Keer Gardens?

Marlow s'assombrit.

— Une fausse plaque, une fausse société, un faux bureau... Je crains que cette Savitri Jong ne soit pas une personne très respectable. Souvenez-vous de l'état dans lequel nous l'avons découverte.

— L'assassin l'a peut-être dévêtue pour nous égarer.

— En ce cas, elle serait tombée dans un piège!

— Une Indienne riche et belle, attirée dans cet endroit... Que venait-elle négocier?

— Autre question, mon cher Marlow: était-elle vendeuse ou acheteuse? À condition, bien sûr, que l'hypothèse d'une transaction quelconque soit la bonne.

— Nous réfléchissons dans le vide, ragea Marlow, quoique... Quoiqu'il soit à présent possible d'exclure une hypothèse!

— Laquelle?

— Tenons compte des quelques renseignements que nous venons d'obtenir: Savitri Jong était très riche, elle n'avait donc nul besoin de dissimuler ses amours.

— Votre raisonnement me semble trop abrupt, mon cher Marlow ; le lien entre vos deux propositions n'est pas si évident. Souvent, au contraire, des personnes fortunées tentent de cacher leurs liaisons pour de multiples raisons.

— J'objecte que cette femme n'est pas mariée, d'après la fiche que je possède, et qu'il existe d'autres endroits que ce bureau de Keer Gardens !

— Il me paraît parfait, au contraire ; cette femme et son amant, s'il s'agit bien d'une relation de ce type, estimaient absolument nécessaire de la maintenir secrète.

— C'était donc une liaison coupable.

— Ou, tout au moins, entachée d'un interdit réel ou supposé.

— Cette affaire peut se révéler très délicate, Higgins.

— Je partage vos craintes, superintendant.

Précédé de l'épaisse fumée de son cigare, Babkocks fit irruption dans le bureau de Marlow.

— Encore en conférence pendant que je travaille... C'est comme ça que la police se dégrade.

— Rassure-toi, dit Higgins ; nous n'allons pas tarder à repartir sur le terrain.

— Tant mieux, c'est là qu'on gagne ou qu'on perd ; vous ai-je raconté comment j'ai fait sauter deux tanks à El-Alamein ?

Marlow et Higgins subirent un récit haut en couleur, qui se termina par la destruction d'un troisième char allemand.

À propos de votre cadavre, conclut Babkocks, aucune ambiguïté : un bel étranglement, propre, net et violent.

— Rien d'autre ?

— Une femme en excellente santé, avec des organes en bon état. Elle n'a pas eu d'enfants. La mort remonte à lundi dernier, entre 15 et 16 h, après qu'elle a eu un rapport sexuel avec un homme. Pauvre gosse... Jolie comme un cœur, un corps de rêve et une fin abominable. Ne traîne pas en route, Higgins, et identifie son assassin.

— Nous savons à présent qu'il s'agit d'un homme, décréta Marlow.

— Pas de précipitation, superintendant ; nous pouvons simplement conclure qu'elle avait un amant. Rien n'exclut la présence d'une tierce personne, éventuellement d'une femme dont la main eût été criminelle.

CHAPITRE VII

C'était en 1730 que Juan Floris avait ouvert, au 89 de Jermyn Street, une parfumerie dont la réputation n'avait cessé de croître depuis lors. Le mot « Floris » était écrit en lettres d'or sur un bandeau, lui-même doré, placé au bas des vitrines contenant des flacons de parfum traditionnels, de magnifiques nécessaires à barbe avec des blaireaux d'une impeccable facture, des huiles pour le bain, des savons artisanaux et quantité d'autres merveilles pour une toilette raffinée. Seule n'était pas à vendre, malgré de nombreuses offres, une collection de brosses à dents du XVIIIe siècle.

Scott Marlow, vêtu d'un imperméable froissé qui cachait un costume de mauvaise coupe, se sentit mal à l'aise en franchissant le seuil de l'illustre parfumerie.

— Est-il bien nécessaire d'enquêter ici ? demanda-t-il à Higgins.

— Indispensable.

De multiples parfums, où prédominaient rose et jasmin, enchantèrent les narines de l'ex-inspecteur-chef.

Higgins s'adressa à un vendeur.

— Pourrions-nous voir madame Welsh?

— Je vais m'en assurer, monsieur.

Les policiers ne patientèrent que deux minutes, puis furent introduits dans le bureau parfumé d'une élégante dame d'une cinquantaine d'années, au sourire admirable.

— Mon cher Higgins! Quelle délicieuse surprise...

— Vous êtes merveilleuse, Gladys; les années n'ont aucune prise sur vous.

— Vil flatteur! Dois-je vous répondre que votre charme est toujours aussi ravageur?

— Permettez-moi de vous présenter mon collègue, le superintendant Marlow.

Gladys Welsh considéra avec quelque dédain le policier mal fagoté et à l'embonpoint prononcé.

— Il s'agit donc d'une visite... officielle.

— Je le crains.

— La maison Floris aurait-elle commis un acte délictueux?

— Pas le moindre, rassurez-vous.

— Puis-je savoir sur quoi vous enquêtez?

— Sur le meurtre d'une Indienne, Savitri Jong.

— Un meurtre... Quelle abomination!

— Certes, ma chère Gladys; c'est pourquoi nous avons besoin de votre aide. Voici la photographie de la victime.

Gladys Welsh regarda le beau visage aux grands yeux de biche marron.

— Une femme superbe...

— L'une de vos clientes, peut-être?

— Non, Higgins; je ne l'aurais pas oubliée.

Le premier espoir de l'ex-inspecteur-chef s'effondrait; il en restait un second.

— Sur les lieux du crime, nous avons trouvé ce flacon blanc.

Gladys Welsh examina l'objet avec attention.

— Gel antirides, sérum de jouvence, régénérateur des couches profondes de l'épiderme... Des promesses très alléchantes auxquelles je ne crois pas. Mais je sais que certaines femmes riches ont tenté l'expérience.

— Vous connaissez donc ce produit ?

— Fort bien, et j'ai refusé de le vendre chez Floris.

— Qui le fabrique ?

— Une femme tout à fait étrange, Mélania Miler, qui ne manque pas de dons dans l'art de la parfumerie et du cosmétique, mais qui croit beaucoup trop en l'efficacité de ses formules.

— Connaissez-vous son adresse ?

— Elle habite une sorte de château, impasse Welcott, une minuscule artère oubliée de Kensington. Elle y vit enfermée, la plupart du temps, et travaille à la mise au point de produits comme celui-ci que certains laboratoires acceptent de commercialiser. La rentabilité à tout prix...

— Pardonnez-moi d'être brutal, Gladys : Mélania Miler est-elle un charlatan ?

— Le terme est excessif. Je dirais plutôt : une rêveuse assez douée qui a fini par se prendre au sérieux à cause de louanges excessives. Méfiez-vous d'elle, Higgins ; dans le métier, on la compare souvent à une mante religieuse.

— Votre aide fut inestimable, Gladys.

— Nous pourrions peut-être dîner ensemble et nous rappeler quelques bons souvenirs.

— Si votre emploi du temps n'est pas trop chargé...

— Il l'est, mais pas pour vous.

Affreusement gêné, Scott Marlow se leva et recula vers la porte du bureau.

— À bientôt, Higgins, dit Gladys Welsh d'une voix langoureuse.

— À bientôt, ma chère.

★

Le « château » de l'impasse Welcott était une vieille bâtisse née de l'imagination d'un architecte italien du XVIIIe siècle contraint de séjourner à Londres pendant quelques années, et désireux de retrouver l'atmosphère d'un palais vénitien. Mal entretenu, soumis au *fog* et au *smog* londoniens, les peintures rose et jaune s'étaient écaillées ; l'humidité s'était insinuée dans les murs et avait laissé de longues traces grises montant jusqu'aux corniches, dont une bonne partie s'était effondrée. Malgré ces blessures, la demeure gardait belle allure ; d'elle se dégageait un charme certain.

La vieille Bentley se gara au fond de l'impasse.

— Je n'aime guère cet endroit, avoua Marlow.

Higgins croqua la bâtisse sur son carnet ; la pluie recommença à tomber. L'ex-inspecteur-chef utilisa un heurtoir et frappa plusieurs coups espacés à une lourde porte de chêne.

Elle s'ouvrit lentement.

— Entrez, dit une voix grave.

Higgins, suivi de Marlow, franchit le seuil et pénétra dans un hall plongé dans la pénombre. Sol de mosaïque bleu et vert, murs peints en vert sombre, appliques en fer forgé, un grand tableau représentant l'Assomption de la Vierge Marie et, face aux policiers, une femme surprenante.

Grande, très fine, portant une robe longue en mousseline noire laissant nus de fragiles bras blancs, les lobes de ses oreilles ornés de boucles d'or, les pieds nus dans des sandales à l'antique, elle ressemblait à une grande prêtresse s'apprêtant à célébrer un culte en l'honneur d'une divinité ténébreuse. Le teint très pâle, les cheveux d'un noir de jais, dont une boucle folle descendait sur son front, le nez aquilin, les yeux bleu clair, la propriétaire du château était immobile comme une statue grecque.

— Mélania Miler, je présume ?

— En effet. À qui ai-je l'honneur ?

— Inspecteur Higgins, de Scotland Yard ; et voici le superintendant de première classe Scott Marlow.

— Très honorée. Dois-je vous tendre mes poignets pour que vous me passiez les menottes ?

— Dans l'immédiat, ce ne sera pas nécessaire ; acceptez-vous de répondre à quelques questions ?

— Volontiers, si vous fermez la porte. Je redoute les courants d'air.

Marlow la repoussa.

L'atmosphère s'alourdit, comme si le vieux palais voulait imposer sa présence à ses hôtes.

Higgins présenta le flacon blanc à Mélania Miler.

— Connaissez-vous ce produit, mademoiselle ?

Son sourire la rendit encore plus énigmatique.

— Gel antirides, sérum de jouvence, régénérateur des couches profondes de l'épiderme... un cocktail original et efficace dont je possède le secret.

— Vous reconnaissez être l'auteur de ce mélange ?

— J'en suis fière, inspecteur, et j'en ai inventé beaucoup d'autres pour maquiller les femmes comme personne d'autre ne l'avait fait avant moi. Ce n'est pas de la vanité, mais de la lucidité. Pendant longtemps, elles ont cru qu'une accumulation de fonds de teint, de crèmes et de fards à paupière les rendrait irrésistibles. Quand j'ai milité pour un fond unique à nuance ambrée, on s'est moqué de moi ; puis la mode a été lancée, et j'ai lutté contre les dizaines d'objets inutiles utilisés en maquillage pour préconiser l'application avec les doigts. On m'a traitée de folle, et les esthéticiennes ont repris mon idée. Et je pourrais vous citer cent autres exemples... Malgré eux, je demeure une sorte de pestiférée et dois lutter chaque jour pour m'imposer.

— Vous en avez la force, me semble-t-il.

— Ai-je le choix ? Demain, la compétition sera de plus en plus rude, et je n'ai pas le temps de m'attarder sur mes états d'âme. Mais je suppose que Scotland Yard ne s'est pas déplacé pour entendre parler de mes tourments intérieurs.

— En effet, mademoiselle. C'est bien... mademoiselle ?

— M'imaginez-vous mariée ou, pis encore, en mère de famille affublée d'une marmaille ?

— Nous enquêtons sur un meurtre, révéla Higgins, et nous avons retrouvé ce flacon sur les lieux du drame.

— Amusant... Et c'est pour cette fort mince raison que vous me suspectez ?

— Aurais-je prononcé le terme « soupçon » ?

— Non, mais...

— Vous créez des produits originaux et coûteux, mademoiselle, et vous devez connaître la plupart de vos clientes fortunées.

— C'est vrai. J'ai maquillé moi-même la plupart d'entre elles.

— Est-ce le cas de Savitri Jong ?

Pour la première fois, Mélania Miler parut troublée.

— Ce nom ne m'est pas inconnu... Laissez-moi rassembler mes souvenirs.

Mélania Miler était toujours aussi immobile qu'une statue grecque, nimbée de la faible lumière qui émanait des appliques.

Scott Marlow était à la fois fasciné et un peu effrayé. Le surnom de « mante religieuse » s'appliquait parfaitement à cette femme raffinée et dangereuse. L'imaginer en criminelle était si aisé que le superintendant se méfia de son premier jugement ; et si l'assassin était bien un homme, pourquoi divaguer à propos de Mélania Miler ?

— Votre victime avait-elle des cheveux noirs ? demanda-t-elle.

— Noirs et longs. Voici sa photographie.

Mélania Miler l'examina pendant quelques secondes.

— Je la connaissais, inspecteur. Je la connaissais même assez bien.

CHAPITRE VIII

Marlow espérait que la belle et étrange Mélania Miler inviterait ses hôtes à s'asseoir dans l'un des salons de sa vaste demeure, mais elle garda son immobilité de statue et un regard indéchiffrable.

— L'avez-vous rencontrée ? demanda Higgins, qui sortit son carnet noir et son crayon finement taillé.

— Une seule fois, mais est-il nécessaire de rencontrer souvent les gens pour bien les connaître ? C'était lors d'une réception donnée dans un grand hôtel de Londres, à l'occasion du lancement d'un de mes produits de beauté. Dès que j'ai vu son visage, j'ai eu envie de la maquiller ; mais elle était plutôt farouche, et elle a poliment refusé. Pourtant, j'aurais pu mettre en valeur le moindre détail de ses traits et la rendre incomparable. Comme la plupart des femmes, elle ne savait que se grimer, et non utiliser sa peau comme une toile de peintre sur laquelle une vraie maquilleuse dessine un paysage.

— Sur quels sujets a porté votre conversation ?

— Nous n'avons pas conversé, inspecteur. Je lui ai demandé si elle acceptait d'être maquillée par moi, elle a refusé.

— Mais vous prétendez la connaître assez bien.

— Je sais lire un visage.

— Et qu'avez-vous lu sur celui de Savitri Jong ?

— C'était une femme étrange et passionnée, très originale, et sans doute assez fragile, quoiqu'elle tentât de faire croire le contraire. Avec une certaine ombre à paupières, j'aurais effacé cette faiblesse apparente et lui aurais donné davantage confiance en elle-même. Mais ce n'était pas l'essentiel...

— Pouvez-vous être plus explicite ?

— Maquillées ou non, les femmes portent leur vie sur leur visage. Pour une professionnelle comme moi, il n'est pas difficile de savoir si elles sont heureuses ou malheureuses, si elles ont subi de lourdes épreuves, si elles sont naïves, sincères ou menteuses... Avec Savitri Jong, j'ai eu une surprise. Elle était verrouillée, il n'existait aucun accès. En touchant sa peau, j'aurais peut-être pu ouvrir des portes, mais elle a refusé cette exploration qui m'aurait passionnée. Cette femme avait un secret, inspecteur, un grand secret que personne n'est parvenu à percer.

— Ce serait donc à cause de ce secret qu'elle a été assassinée.

— Je l'ignore, mais c'est très probable.

— Connaissez-vous l'immeuble de Keer Gardens, mademoiselle ?

— Non, inspecteur ; où se trouve-t-il ?

— Dans la City.

— Je sors très peu et ne me rends jamais dans la City ; le monde de l'argent et des affaires n'est pas le mien. Je suis une artiste, non une financière.

— Pourtant, il faut bien commercialiser vos produits.

— Je traite mes contrats ici. Pourquoi cette question à propos de cet immeuble dont j'ai déjà oublié le nom ?

— Parce que Savitri Jong y fut assassinée.

Un silence pesant envahit le hall humide. Marlow, qui avait prouvé à maintes reprises son courage pendant la guerre, avait presque peur de cette femme immobile, au regard fixe et à la voix grave.

— Que dois-je comprendre, inspecteur ?

— Que mon collègue et moi-même recherchons l'assassin de Savitri Jong et que nous le trouverons. Le nom d'Ambrosius Braid vous est-il familier ?

— Ambrosius Braid, répéta-t-elle intriguée. Familier n'est pas le mot, mais il ne m'est pas inconnu.

— Pourriez-vous être plus précise ?

— C'est difficile... Braid, Ambrosius Braid... Une résonance étrange, désagréable, qui m'évoque quelqu'un qui ne fut pas toujours ce qu'il est... Je suis incapable de vous en dire davantage.

Marlow tressaillit. Mélania Miler ne venait-elle pas, à son insu ou volontairement, de leur donner une piste décisive ?

— Un souvenir ou une vision ? s'enquit Higgins.

— Une vision, inspecteur. Je suis très sensible aux couleurs et aux assemblages de sons... Quand on prononce ces deux mots, « Ambrosius Braid », on éprouve une sensation d'opacité.

Cette opacité-là, Marlow était bien décidé à la dissiper. Le crime était peut-être beaucoup plus simple qu'on ne le supposait : une belle Indienne qui était venue à Keer Gardens pour une raison précise qu'il faudrait découvrir, un gardien qui se propose de l'accompagner au bureau d'« Ego productions », sachant qu'il est vide, un gardien qui se transforme en bête répugnante et se jette sur elle, un Ambrosius Braid qui étrangle sa victime après avoir assouvi ses instincts. Ambrosius Braid, un immonde assassin qui faisait semblant d'avoir découvert le corps !

— Avez-vous travaillé pour une société portant le nom d'« Ego productions » ? demanda Higgins à Mélania Miler.

— Quel nom ridicule ! Jamais je ne me serais compromise avec des gens affublés d'un pareil sobriquet.

— Pardonnez mon indiscrétion, mais... Où vous trouviez-vous, lundi dernier, entre 15 et 16 h ?

— Je n'en ai pas la moindre idée, inspecteur ; je ne porte pas de montre et n'ai aucun sens de l'heure. L'heure, quelle horreur ! C'est elle qui dévore notre peau et la fait vieillir. En n'y pensant pas, on recule l'échéance et l'on empêche l'effet dévastateur du temps.

— Mais vous étiez bien chez vous ?

— Je l'ignore, je suis incapable de vous dire ce que j'ai fait hier. La journée terminée, j'oublie tout et je ne songe qu'au lendemain. Beaucoup d'artistes me ressemblent ; si l'on s'englue dans le passé, même immédiat, il est impossible de progresser.

De son écriture fine et rapide, Higgins prenait des notes.

— Me permettez-vous d'être indiscret, mademoiselle ?

— Essayez toujours...

— Quel est votre parfum préféré ?

— Vous avez un excellent nez, inspecteur. Dans ce hall, l'humidité étouffe toutes les senteurs, et vous ne pouvez identifier le mien. Approchez, je vous prie.

Mélania Miler tendit la main droite.

— Violette, rose d'Ispahan et un soupçon de mimosa.

— Magnifique, monsieur Higgins. Mon mélange personnel.

— Je me demande si du santal...

— J'ai horreur de ça! Mais je ne désespère pas d'utiliser un jour l'herbe du Tigre que j'ai découverte lors d'un séjour en Inde. Saviez-vous que le grand fauve, lorsqu'il est blessé au cours d'une chasse, se roule dans les massifs de fleurs sauvages, et crée ainsi une fragrance inédite? Ce doit être fabuleux. Dès que possible, je repars là-bas, je m'associe avec un chasseur de tigres et je récolte cette merveille. Les plantes et les parfums... N'est-ce pas toute la saveur du monde, inspecteur?

— Sans doute, mademoiselle. Êtes-vous certaine de n'avoir jamais revu Savitri Jong?

— Je n'ai pas d'autres confidences à vous offrir.

— Votre collaboration nous fut précieuse.

Scott Marlow était fort satisfait de quitter enfin cette demeure où il respirait de plus en plus mal.

— Ah, encore un détail... Lorsque j'ai conversé avec Savitri Jong, elle était très nerveuse et a lâché son sac à main. En tombant, il s'est ouvert; j'ai ramassé moi-même quelques objets, dont une carte de visite qui m'a intriguée. Elle portait le nom de Jakob Thonberg, un psychanalyste huppé, véritable coqueluche de la bonne société londonienne.

— Lui avez-vous demandé si elle le fréquentait?

— C'eût été inconvenant et indiscret, inspecteur, mais je vois mal Savitri Jong dans les mains de Thonberg!

— Vous ne semblez pas avoir une opinion très favorable de ce spécialiste de l'inconscient.

Un demi-sourire anima le visage hiératique de Mélania Miler.

— Détrompez-vous, inspecteur, il me fascine. C'est un homme qui sait tout sur tout le monde.

— L'avez-vous consulté ?

— Je n'ai pas le droit de vous le dire. Jakob se fait une très haute idée de sa science et du secret médical qu'elle implique. Lorsqu'on s'étend sur son canapé, ne dévoile-t-on pas son âme et ses secrets les plus enfouis et les mieux gardés ?

★

À l'ondée avait succédé une averse. Courageuse, la vieille Bentley du superintendant brava les intempéries et prouva à Higgins qu'elle était encore capable de rivaliser avec des jeunettes au moteur forcé et à la carrosserie moins vigoureuse que la sienne.

— Fonçons à Keer Gardens, proposa Marlow.

— Il y a plus urgent, estima l'ex-inspecteur-chef.

— Mais enfin, Higgins ! Vous n'avez pas entendu cette femme ? Elle nous a clairement indiqué que le gardien de l'immeuble où a été commis le crime menait une double vie !

— Il ne s'agissait que d'une vision, reposant sur une sensation.

— Vision, vision, bougonna Scott Marlow, je n'en crois pas un mot ! Cette maquilleuse en sait bien davantage qu'elle n'a voulu en dire.

— Ce n'est pas certain. Ce genre de femme se fie volontiers à l'irrationnel.

Le superintendant refusait de s'aventurer sur un terrain si glissant.

— La vérité me paraît beaucoup plus simple, Higgins : Mélania Miler connaît Ambrosius Braid. Elle n'a pas voulu le dénoncer de manière formelle, mais a procédé par allusion.

— Poussez vos déductions jusqu'au bout, mon cher Marlow.

— C'est-à-dire ?

— Si Mélania Miler connaît Ambrosius Braid, elle sait qu'il travaille à Keer Gardens.

— Autrement dit, elle y est allée. Et elle peut donc connaître aussi le bureau d'« Ego productions » où Savitri Jong fut assassinée.

— Savitri Jong qu'elle admet avoir rencontrée, au moins une fois...

— Vous considérez donc Mélania Miler comme une suspecte possible.

— À condition qu'Ambrosius Braid soit bien l'une de ses relations.

— Interrogeons-le de manière serrée.

— S'il mène une double vie, ne serait-il pas préférable de le faire surveiller ? Son comportement pourrait être instructif.

— Bonne idée, admit le superintendant. Passons au Yard pour y donner les instructions.

— Cette escale nous permettra d'obtenir l'adresse de Jakob Thonberg.

— Le psychanalyste ? Vous croyez vraiment...

— Mélania Miler n'a-t-elle pas dit qu'il connaissait tout sur tout le monde ? Peut-être détient-il la clé de l'assassinat de Savitri Jong.

CHAPITRE IX

Byron, Coleridge, Shelley, Keats, D.H. Lawrence, John Galsworthy, Constable, Stanley Spencer... De nombreux écrivains, peintres et artistes en tous genres avaient habité le quartier résidentiel de Hampstead, au nord de Londres, dont la caractéristique principale était sa situation privilégiée, sur une colline, parcourue de ruelles escarpées, d'où il semblait dominer la capitale avec une fierté certaine et quelque arrogance. Un énorme espace vert et boisé, que l'on avait coutume d'appeler « la lande », séparait Hampstead de Highgate, et offrait aux habitants du quartier un avantage notoire dont ils étaient fort satisfaits.

Hampstead était le rêve réalisé d'Alphonse Allais, philosophe et humoriste français, à savoir la ville à la campagne. Allais, qui avait posé les bases d'une profonde réflexion sur la nature humaine en écrivant ces phrases décisives sur la vanité sociale : « Être de quelque chose vous pose un homme, comme être de garenne vous pose un lapin. »

De plus en plus de promeneurs du dimanche venaient troubler la sérénité de Hampstead, de ses ruelles et de sa lande, mais la tranquillité luxueuse de l'époque géorgienne y régnait encore. De nombreux hôtels particuliers parvenaient à se cacher dans la verdure, comme celui qu'occupait le célèbre psychanalyste Jakob Thonberg dont la demeure était sise à l'extrémité de Well Walk, en bordure de Hampstead Heath. Bâtie en brique rouge et en bois, la ravissante demeure du XVIIe siècle s'abritait sous le feuillage de hêtres et de bouleaux. L'entrée, qui surgissait au terme d'une allée bordée de troènes, était surmontée d'un fronton triangulaire reposant sur deux colonnes blanches. De part et d'autre, deux fenêtres rectangulaires à petits carreaux ; cinq ouvertures semblables au premier étage, couronné d'un autre fronton et de deux cheminées. De l'ensemble se dégageait une impression de confort et d'intimité, sous un ciel variable, parcouru de nuages blancs et noirs, dont la plupart portaient les averses prochaines.

Higgins sonna.

Une femme âgée, vêtue d'une blouse blanche d'infirmière, tarda à ouvrir.

— Avez-vous rendez-vous ?

— Je crains que non.

— En ce cas, téléphonez. Le docteur ne prend aucun client à l'improviste.

— Nous ne sommes pas des clients.

— Les démarcheurs doivent s'adresser à la porte de service, sur votre gauche.

— Nous ne sommes pas non plus des démarcheurs.

— Alors... Qui êtes-vous ?

— Scotland Yard.

— La police ? Mais que... que voulez-vous ?

— Voir au plus vite le docteur Jakob Thonberg.

— C'est impossible !

— Nous pouvons également l'appréhender et le conduire à mon bureau, menaça Scott Marlow.

— Appréhender le docteur Thonberg... Vous n'y pensez pas !

— Nous y pensons très sérieusement, mademoiselle. Il est un témoin capital dans une affaire criminelle.

— Mon Dieu, mon Dieu... Entrez, messieurs. Puis-je vous demander de patienter quelques minutes dans la bibliothèque ?

L'infirmière évita d'introduire les policiers dans la salle d'attente. La bibliothèque était une vaste pièce chargée de rayonnages en merisier. Les mains croisées derrière le dos, Higgins jeta un œil aux milliers de volumes, tous consacrés à la psychanalyse. Il ne manquait aucune œuvre majeure, aucun commentaire en anglais, en français, et en allemand, aucune revue spécialisée. Le docteur Thonberg semblait friand d'information. L'étroitesse et la petitesse de la cheminée choquèrent Higgins.

Moins de cinq minutes plus tard, la porte de la bibliothèque s'ouvrit.

— Le docteur vous attend, messieurs.

Jakob Thonberg était un homme grand, mince, portant un collier de barbe très noire, et un chapeau melon de la même couleur. Les sourcils épais, les yeux marron, les oreilles larges et décollées, le nez busqué, les lèvres minces, il était vêtu d'un costume gris d'excellente coupe et donnait l'image d'un notable sûr de lui.

Sur son bureau, une réplique miniature de la statue de Moïse, due au ciseau de Michel-Ange et exposée dans l'église Saint-Pierre-aux-liens à Rome. D'un haut-parleur sortait, à faible intensité, une musique que Higgins identifia comme étant l'*Ode funèbre pour la reine Marie* de Purcell, une souveraine vertueuse morte en 1694 de la petite vérole au cours d'un mois de décembre si glacial qu'il avait fallu attendre mars de l'année suivante pour l'enterrer.

À côté du bureau en chêne, un divan recouvert d'un tapis à motifs géométriques bleu, rose et noir, et de trois coussins marron. À la tête du divan, une chaise Regency.

Debout, le psychanalyste dévisageait ses hôtes comme un entomologiste détaillant un insecte inhabituel.

— Seriez-vous vraiment... Scotland Yard ?

— Inspecteur Higgins et superintendant Marlow.

— Remarquable.

— Vous sortiez, je suppose ?

— Mauvaise déduction, inspecteur ! Sherlock Holmes lui-même se serait trompé. Je porte toujours un chapeau quand je consulte. Cet accessoire déroute le patient et favorise ma concentration. Première leçon d'analyse : ne pas se fier à la logique d'apparence.

— Pouvez-vous nous accorder quelques instants ?

— En théorie, non, car je dois recevoir un garçonnet dont les prédispositions perverses polymorphes sont particulièrement marquées. Comme il déteste attendre, mon retard lui fera subir une surchauffe à la fois consciente et inconsciente dont je tirerai parti. D'une certaine manière, votre visite est utile à la science.

— Vous nous en voyez ravis.

— Vous auriez aimé vous asseoir... Malheureusement, c'est impossible. Ici, il n'y a que deux chaises, qui me sont strictement réservées, l'une et l'autre, et un divan pour mes patients.

— Nous resterons debout, docteur.

— Moi, je m'assois.

— Écoutez-vous souvent cette *Ode funèbre* de Purcell ?

— Puisque vous l'avez identifiée, elle n'est plus d'aucune utilité.

Jakob Thonberg coupa le son.

— Cette partition situe un problème crucial, reprit-il ; le *Livre de la prière commune* l'exprime en termes clairs : « L'homme, né de la femme, a la vie courte, mais des tourments à satiété. Pareil à la fleur, il éclôt, il est coupé, il fuit comme l'ombre. Au plus fort de la vie, nous sommes dans la mort. »

— C'est précisément de la mort que nous souhaitons vous entretenir, docteur, et même de mort violente.

— Diable... Nous voici en pleine tragédie.

— Dans notre langage, il s'agit d'un crime prémédité.

— Ah, le langage ! Tout est là, inspecteur... Selon les termes que vous utilisez, la réalité se modifie. Une tragédie peut devenir un crime, un crime se transformer en tragédie, l'un s'assimiler à l'autre, l'un s'écarter de l'autre. Et si le crime est parfait, il n'est plus tragédie, mais peut-être la forme accomplie d'un art insolite ou bien l'exaltation de la monstruosité de l'instinct perverti par les règles sociales.

— De notre point de vue, intervint Scott Marlow, la situation est beaucoup plus simple : un meurtre et un assassin.

— La simplification, superintendant, est extrêmement dangereuse. À cause d'elle, on sépare les êtres humains en deux catégories : les bien portants et les malades.

— Et... ce n'est pas le cas ?

— Bien sûr que non ! La psychanalyse a prouvé le contraire. Cette distinction n'a aucun intérêt et nous conduit dans une impasse condamnable que chaque esprit scientifique doit rejeter avec force. Tant que Scotland Yard se cantonnera dans la ridicule opposition entre « assassin » et « victime », il n'atteindra pas les sublimes vérités de l'inconscient. L'un et l'autre portent une part de responsabilité, tant dans la culpabilité que dans l'innocence, même s'ils l'ignoraient. Victime d'un côté, assassin de l'autre... Renoncez à cette classification arbitraire, superintendant ! Elle n'a plus aucune valeur.

— J'ai encore la faiblesse d'y croire, docteur.

— Vous y renoncerez, vous verrez. À propos... Que faites-vous ici ?

— Nous aimerions vous interroger à propos d'un crime, révéla Higgins.

— La psychopathologie criminelle n'est pas ma spécialité ; je vais vous donner le nom d'un collègue.

— Inutile, docteur ; c'est bien vous que nous voulons voir.

— Seriez-vous quelqu'un d'obstiné, inspecteur ?

— On le dit.

— Avez-vous tenté de lutter contre cette tendance ?

— Jamais pendant une enquête criminelle.

— Tant mieux ; un refoulement aurait pu perturber votre raisonnement. Souhaitez-vous un simple avis de ma part ou devons-nous entamer une discussion ?

— Une discussion sera nécessaire.

Le docteur Thonberg appuya sur une sonnette à pied.

Entra l'infirmière avec un plateau supportant une cafetière, trois tasses et une assiette de biscuits. Elle le posa sur le bureau du psychanalyste, lequel servit lui-même le café et alluma un cigare.

— Buvez, messieurs, il est excellent.

Par bonheur, Higgins avait évité le supplice du thé. Comment aurait-il avoué qu'il était le seul sujet de Sa Gracieuse Majesté à détester la boisson nationale ?

— Eh bien, messieurs, dit le praticien, que désirez-vous savoir ?

CHAPITRE X

— Avez-vous eu l'occasion, docteur Thonberg, d'entrer dans Keer Gardens, un immeuble de bureaux de la City ?

Le psychanalyste fronça les sourcils.

— Certes pas, inspecteur. Pourquoi me serais-je égaré dans la City ? Je donne mes consultations dans cette maison, des cours dans diverses facultés étrangères et me rends aux congrès internationaux qui se tiennent ici et là. Mais la City, le monde de l'argent et de la finance...

— Vos consultations seraient-elles gratuites ?

— Bien au contraire ! J'exige un prix très élevé, indispensable pour que mes patients prennent au sérieux leur analyse. En m'offrant une fortune, ils prennent conscience de l'importance de leur démarche et déclenchent un mécanisme de déstructuration qui lamine les couches encombrantes de leur psychisme.

— Connaissez-vous une société baptisée « Ego productions » ?

— Superbe titre ! « Ego productions », « les productions du moi »... J'aurais aimé être l'auteur de cette trouvaille. Que produit cette société ?

— Secret de l'enquête.

— Quand elle sera terminée, mettez-moi en contact avec ces gens-là ; nous aurons sûrement beaucoup à nous dire.

— C'est peu probable, car un crime a été commis dans les locaux de cette société.

— Je connais l'assassin.

Marlow faillit lâcher sa tasse de café.

— Pardon, docteur ?

— L'assassin, c'est l'Ego. Un Ego fort est capable de tout, messieurs, s'il parvient à se dégager des pesanteurs du Surmoi qui tente de l'écraser, et des pulsions du Ça qui remontent du fonds de l'enfance et du passé. Dans cette perspective, un assassinat se présente comme une affirmation de l'Ego. Et n'allez surtout pas réduire l'analyse à une investigation du subconscient dont Sigmund Freud, le père de la psychanalyse, n'a jamais parlé ! Conscient, préconscient et inconscient, oui, subconscient, non. Percevez-vous bien cette nuance fondamentale ?

— La victime se nomme Savitri Jong, précisa Higgins.

— Nationalité ?

— Indienne.

— Âge ?

— Trente-neuf ans.

— État de santé ?

— Nous n'avons retrouvé que son cadavre, docteur.

— Vous avez bien procédé à une autopsie !

— La victime ne souffrait d'aucune affection grave.

— Cause de la mort ?

— Secret de l'enquête, répondit Marlow, courroucé.

— Comment voulez-vous que j'analyse la situation si vous me cachez l'essentiel ? s'insurgea le psychanalyste.

— Si nous cessions de jouer au plus fin ? proposa Higgins.

Les lèvres de Jakob Thonberg se serrèrent sur son cigare.

— J'ai mal saisi votre question, inspecteur.

— Savitri Jong était votre patiente, n'est-il pas vrai ?

— Comment le savez-vous ?

— Je n'ai pas à vous le révéler, mais c'est une autre de vos patientes qui m'a donné cette information.

— Son nom ?

— Mélania Miler.

— Aucun commentaire.

— C'est un peu court, docteur.

— Je suis tenu au secret professionnel.

— Il vous honore, mais il n'est plus de mise. Je vous rappelle qu'il y a eu meurtre.

— Votre point de vue de policier n'est pas le mien ; mes patients ont le droit à la plus absolue discrétion.

— Si vous vous obstinez, déclara Marlow, de plus en plus irrité, nous perquisitionnerons.

— Inutile, messieurs ; je ne tiens aucun fichier. Les dossiers de mes patients ne se trouvent que dans ma mémoire.

— Nous allons donc procéder autrement, indiqua Higgins : en montrant les photographies de Savitri Jong et de Mélania Miler à votre infirmière, je ne pense pas qu'elle mentira, au risque d'aller en prison.

L'ex-inspecteur-chef se dirigea vers la porte du bureau.

— Attendez, exigea Jakob Thonberg. Inutile de perturber mon personnel.

— Reprenons, dit Higgins. Savitri Jong était-elle en analyse chez vous ?

— Oui.

— Et Mélania Miler ?

— Oui.

— C'est toujours un peu court, docteur.

— C'est votre avis, non le mien.

— Une nouvelle fois, je vous rappelle qu'il y a eu crime. Vous êtes l'homme qui connaissiez le mieux Savitri Jong, elle vous a obligatoirement fait des confidences.

— Confidences ! Mais vous confondez tout, inspecteur ! Je suis psychanalyste, pas confesseur ; mon rôle consiste à soigner des êtres, non à échanger des propos amicaux autour d'une tasse de thé.

— J'en suis conscient, docteur, mais vous ne pouvez nier des relations privilégiées avec la victime.

— Si, je les nie ! J'étais son analyste, un point c'est tout.

— Savitri Jong vous a forcément parlé de ses amours.

— La *libido* est une image qui conditionne expansion et rétention, inspecteur ; elle explique la plus grande partie de nos comportements. Savitri Jong n'échappait pas à la règle.

— Il nous faut des noms, docteur.

— La doctrine, la dialectique et la structure du discours, voilà ce qui compte, inspecteur ! Mon devoir est d'abolir la frontière illusoire entre la psychologie normale et la psychologie pathologique. Avec un si vaste dessein, comment aurais-je le loisir de m'intéresser à des détails ?

Scott Marlow bouillait.

— Vous refusez de dire la vérité ?

— La vérité... Quel mot atroce ! Quelle vérité, superintendant ? Si j'étais esclave d'un tel concept, je ne guérirais pas un seul patient !

— Sauf votre respect, docteur, vous commencez à me chauffer les sangs ! Ce que vous savez est sans doute décisif pour nous permettre d'identifier l'assassin.

— C'est votre problème, pas le mien.

— J'ai bien envie de vous arrêter pour meurtre !

— Il vous faudrait quelques preuves, non ?

Le superintendant marmonna des mots indistincts.

— Acceptez-vous cependant de nous parler de Savitri Jong ? demanda Higgins.

— Non, inspecteur.

— Je parle à l'homme, non au psychanalyste.

— Dans le cas de mes patientes, je ne peux dissocier l'un de l'autre.

— À quand remonte son dernier rendez-vous ?

— Il ne vous servira à rien de le savoir, mais je peux vous donner ce renseignement : notre dernière séance de thérapie a eu lieu voici six semaines.

— Comment s'est-elle comportée ?

— Mes... « confidences » s'arrêtent là. N'insistez pas.

Scott Marlow se demanda si Higgins, d'ordinaire si calme, n'allait pas perdre patience ; mais l'ex-inspecteur-chef choisit de changer de terrain.

— Où vous trouviez-vous, lundi dernier entre 15 et 16 h, docteur Thonberg ?

Le psychanalyste déposa la cendre de son cigare dans un cendrier.

— Ici, inspecteur.

— En consultation?

— Non, pas le lundi après-midi. Je le consacre à la lecture et à la recherche.

— Vous étiez donc seul.

— Non, inspecteur, ma femme de ménage, mademoiselle Dryneegale, profite de ce jour-là pour mettre de l'ordre dans la maison. À 15 h, elle a l'habitude de m'apporter un café et des biscuits.

— Son adresse?

— Elle habite à deux pas d'ici. Rendez-lui visite et interrogez-la; vous constaterez que je n'ai pas menti. Pourquoi mentirais-je, d'ailleurs?

Le docteur Jakob Thonberg griffonna une adresse sur une feuille de papier.

— Inutile, jugea Higgins.

— Ne souhaitez-vous pas consulter mademoiselle Dryneegale?

— Bien sûr que si, docteur; appelez-la au téléphone et demandez-lui de venir ici.

— Pourquoi cette procédure?

— Pendant que nous serions en chemin, vous pourriez l'appeler et lui dicter son témoignage.

— Pour qui me prenez-vous, inspecteur?

— Je suis prudent, docteur.

— C'est le moins qu'on puisse dire! Et si je refuse?

— Le superintendant Marlow restera ici, et je me rendrai chez mademoiselle Dryneegale.

— C'est de la persécution, inspecteur; je pourrais porter plainte.

— Ne vous en privez pas; nous vous accuserons d'entrave à la bonne marche de l'enquête.

Le psychanalyste décrocha le combiné et forma un numéro.

— Docteur Thonberg à l'appareil; pouvez-vous venir immédiatement chez moi, mademoiselle?

CHAPITRE XI

Mademoiselle Dryneegale était une vieille fille anglaise d'une maigreur presque squelettique et dont le tailleur était plus gris que le temps. Ses cheveux blancs, comprimés dans un chignon très strict, accentuait la sévérité d'un visage aux traits ingrats.

Higgins et Marlow la reçurent dans la bibliothèque du docteur Thonberg qui, comme si de rien n'était, avait fait s'allonger un patient sur son divan.

— Désolé de vous importuner, mademoiselle; le superintendant Marlow et moi-même, inspecteur Higgins, aimerions vous poser quelques questions.

— Je n'ai pas l'habitude de répondre à des inconnus.

— Vous avez raison, mademoiselle, mais nous ne le sommes plus tout à fait, puisque vous connaissez nos noms et savez que nous appartenons à Scotland Yard.

— C'est tout de même un peu précipité, surtout que ce n'est pas mon jour de ménage chez le docteur Thonberg. Je ne vous cacherai pas que son appel impérieux m'a beaucoup contrariée, d'autant plus que j'achevais de broder un mouchoir.

— C'est nous qui sommes responsables de votre

contrariété, mademoiselle, car nous avons besoin de votre témoignage.

— Le mien, vraiment ?

— Vraiment.

Mademoiselle Dryneegale croisa les doigts.

— Ma mère affirmait que témoigner était un acte grave.

— Je partage son avis ; c'est pourquoi nous ne retenons que les déclarations des personnes de qualité, dont la moralité est irréprochable.

Mademoiselle Dryneegale se haussa du col.

— Je considère que c'est mon cas, inspecteur.

— Scotland Yard est fier de pouvoir compter sur des personnes telles que vous.

— Que désirez-vous exactement ?

— Travaillez-vous souvent chez le docteur Jakob Thonberg ?

— Chaque lundi.

— Est-il un bon patron ?

— Je n'ai rien à lui reprocher.

— En dehors des obligations professionnelles, échangez-vous quelques propos ?

— Jamais, inspecteur ; ce serait tout à fait incorrect. D'ailleurs, le docteur n'a même plus besoin de me donner des instructions. Je sais parfaitement ce que j'ai à faire chaque lundi.

— Lundi dernier, êtes-vous venue travailler ?

— Mais bien entendu, inspecteur ! J'ai coutume d'honorer mes engagements.

— Je n'en doute pas un instant, mademoiselle ; soyez extrêmement attentive, je vous prie. Lundi dernier, comment s'est déroulé votre après midi ?

La vieille fille se concentra.

— Comme d'habitude, inspecteur. Je suis arrivée

à 13 h 02, j'ai passé l'aspirateur et le plumeau et, à 15 h 30, j'ai servi un café et des biscuits au docteur Thonberg qui lisait des livres dans son bureau. À 16 h, j'ai desservi. À 18 h, mon travail terminé, je suis rentrée chez moi.

★

Scott Marlow était de méchante humeur, et la vieille Bentley avait protesté à plusieurs reprises contre sa conduite trop brusque.

— La déposition de mademoiselle Dryneegale innocente le psychanalyste, déplora-t-il.

— L'aviez-vous cru coupable ? interrogea Higgins.

— De plus en plus, au fur et à mesure de l'interrogatoire ! Ce type est un fou de l'espèce la plus redoutable. Il tuerait n'importe qui pour vérifier une théorie ou faire progresser sa pseudo-science.

— Vous ne semblez guère favorable à la psychanalyse, mon cher Marlow ?

— Honnêtement, Higgins, avez-vous compris un seul de ses propos ?

— C'est un langage un peu abscons, j'en conviens.

— Ce faux médecin n'a aucune morale ; il n'établit même pas de distinction entre un criminel et sa victime, et trouverait des justifications à n'importe quelle monstruosité. Des personnages comme celui-là pourrissent une société et la conduisent à l'abîme.

— Vous n'avez pas tort, superintendant, mais son alibi est inattaquable. Étant donné qu'il se trouvait chez lui à l'heure du crime, nous n'avons aucune possibilité de le mettre en accusation.

— Cct alibi n'cst-il pas trop parfait ?

— Mademoiselle Dryneegale me paraît tout à fait incorruptible.

— À moi aussi, hélas ! Mais Thonberg détient des renseignements qui nous sont indispensables. Les conserver par-devers lui est un délit, et je compte bien utiliser ce moyen de pression.

— Il fera appel à un avocat et nous deviendrons prisonniers des méandres de la procédure.

— Comptez-vous laisser Thonberg hors du champ des suspects ?

— Certainement pas, mon cher Marlow, mais je crois préférable d'utiliser une méthode spécifique pour l'amener progressivement à nous dire ce qu'il sait.

— Vous n'allez quand même pas lui faire subir une psychanalyse ?

— Pourquoi pas ? Il a déjà été soumis à une analyse avant de pouvoir exercer, mais il demeurait peut-être quelques zones d'ombre dans les diverses strates de son inconscient.

— Ne parlez pas comme lui, Higgins !

— La clé de son langage ouvrira ses secrets, grands et petits.

— Ne vous comportez-vous pas comme un sorcier, Higgins ?

— C'est parfois nécessaire, superintendant. Puisque nous avons la chance d'être à proximité de la demeure de Malcolm Mac Cullough et que la nuit tombe, rendons-lui visite ; il nous permettra d'éclairer un détail qui n'est sans doute pas innocent.

*

Appartenant au cercle des amis de Higgins, Malcolm MacCullough était l'un des plus célèbres commissaires-priseurs du Royaume-Uni, et sans conteste le plus érudit. Dans sa vaste maison de la banlieue nord de Londres, il avait accumulé quantité d'objets rares et des milliers de livres traitant de styles de toutes époques. Écossais, il éprouvait une prédilection marquée pour les œuvres de l'antiquité dite païenne et se croyait doué pour la fabrication de pâtisseries particulièrement indigestes ; lorsqu'il n'officiait pas chez Sotheby's, il lisait la nuit pour perfectionner ses connaissances et dormait le jour.

À 8 h du soir, il venait de se lever quand Higgins et Marlow sonnèrent à sa porte. Les cheveux en bataille, vêtu d'une robe de chambre rouge vif en laine des Highlands, il se réveilla en découvrant l'ex-inspecteur-chef.

— Higgins, cher vieux forban !

— Comment vas-tu, Malcolm ?

— Au mieux, je viens d'acquérir une ravissante petite statue hellénistique consacré aux joies de l'amour. Provenance incertaine, mais datation très sûre.

« Avant le règne de Victoria, pensa Marlow, l'humanité manquait de moralité ; et l'avenir ne s'annonçait pas rose. »

— Quel bon crime vous amène, superintendant ?

— Eh bien, monsieur MacCullough...

— Ne restez pas sur le pas de la porte. Je vais vous offrir un excellent café et un pudding à la fraise des bois, additionné de gingembre, de poivre vert, et nappé d'une sauce piquante inspirée de la recette proposée par le cuisinier de l'empereur de Byzance, au IIIe siècle de notre ère. Vous ne l'oublierez pas de sitôt.

Higgins et Marlow se frayèrent un chemin entre de hautes piles de dictionnaires et d'encyclopédies, et atteignirent une salle à manger envahie par des volumes reliés et des moulages de statues égyptiennes. Ils prirent place sur des tabourets de bois datant du Moyen Âge écossais, pendant que MacCullough allait chercher une énorme cafetière Tudor, des tasses de porcelaine de Sèvres et le redoutable pudding.

L'Écossais posa la cafetière sur la grammaire hiéroglyphique du moyen-égyptien qu'il était en train d'approfondir afin de compléter sa connaissance des langues anciennes et le pudding sur un traité d'architecture précolombienne qu'il jugeait quelque peu dépassé.

— La plupart des érudits écrivent avec des sabots, déplora-t-il ; plus ils sont stupides, plus ils sont obscurs. En se cachant derrière des mots incompréhensibles, ils dissimulent leur incompétence.

— N'est-ce pas aussi le cas des psychanalystes ? avança Scott Marlow.

— Cette espèce-là, par bonheur, n'entre pas dans le champ de mes investigations. Qui a-t-on tué cette fois ?

— Une ravissante Indienne de trente-neuf ans nommée Savitri Jong, répondit Higgins.

— Je peux te garantir qu'elle n'a publié ni article ni livre dans les domaines qui me concernent.

Le café était excellent, Marlow attaqua le pudding d'un bel appétit.

— Sur les lieux du crime, avoua Higgins, un détail m'a troublé.

— Où ta Savitri est-elle passée de vie à trépas ?

— Dans un immeuble de bureaux modernes et privé d'âme.

— La malheureuse... Et ce détail ?

— Un sous-verre abritant une très belle copie d'un tableau que j'attribuerais volontiers à Gainsborough, quoique cette œuvre me soit inconnue. Mais je ne suis pas un spécialiste.

— Un instant.

Malcolm MacCullough disparut quelques minutes et revint porteur d'une pile d'ouvrages consacrés à l'œuvre du grand peintre anglais du XVIIIe siècle.

Il feuilleta les pages, jusqu'à ce que Higgins identifie le tableau.

— C'est bien celui-là, un cavalier se promenant dans la campagne. Dans quel musée se trouve-t-il ?

— Il ne se trouve pas dans un musée, mais dans une collection particulière, celle de Beata Rosen, une milliardaire érudite, passionnée par la peinture anglaise du XVIIIe, et spécialiste du conflit entre Reynolds et Gainsborough.

— La connais-tu ?

— Vipère, pieuvre, requin... Elle fait songer à ce genre de bestioles. À ta place, je ne m'en approcherais pas, bien qu'elle soit superbe. L'argent et la peinture de cette époque : voilà ses deux passions. Si on la contrarie dans ces domaines-là, elle devient féroce. En salle des ventes, elle semble tellement prête à tuer ses adversaires que beaucoup renoncent à surenchérir sur elle.

— Où réside-t-elle ?

— Elle possède une dizaine de propriétés somptueuses aux États-Unis et en Europe, mais elle vit le plus souvent à Londres, dans un hôtel particulier à colonnades blanches, créées par John Nash, près de Regent's Park. C'est curieux...

— Qu'est-ce qui t'étonne ?

— Qu'elle ait accordé à quelqu'un le droit de copier ce Gainsborough. Ce n'est pas son genre.

— Merci pour tout, Malcolm.

— Votre pudding était une merveille, constata Scott Marlow.

CHAPITRE XII

L'hôtel particulier de Beata Rosen était une merveille blanche, dont la façade s'animait de hautes et légères colonnes. Dans le portique d'entrée, on décelait l'influence d'Inigo Jones.

Un domestique en livrée accueillit les deux policiers.

— Que puis-je pour vous être utile ?

— Madame Rosen pourrait-elle recevoir Scotland Yard ?

— Que ces messieurs veuillent bien patienter.

Higgins et Marlow restèrent debout sous une coupole décorée de cariatides. Les verrières faisaient songer à des vitraux de cathédrale, les marbres provenaient des meilleures carrières d'Italie.

— Madame accepte de vous recevoir, déclara le domestique d'une voix neutre. Qui dois-je annoncer ?

— Superintendant Marlow et inspecteur Higgins.

— Si ces messieurs veulent bien me suivre.

Le trio sortit de la rotonde, descendit une volée de marches et progressa dans un parc dont le centre était occupé par un étang, au milieu duquel était planté un obélisque égyptien, dont le socle reposait sur un îlot.

Étendue sur une chaise longue, une très belle

femme d'une quarantaine d'années profitait d'un rayon de soleil. Se tenant à deux pas de sa patronne, le domestique déclina l'identité des visiteurs.

Beata Rosen s'assit sur le rebord de la chaise longue, avec une grâce inimitable, et les dévisagea.

Higgins songea aussitôt à Marlène Dietrich, dont la milliardaire était presque le sosie, avec une once de dédain supplémentaire. Elle portait une veste gris clair boutonnée de velours, avec des poignets en soie, sur un long gilet rouge, et un pantalon noir en laine à revers ; lèvres et ongles étaient peints en rouge carmin.

— Quel est votre problème, messieurs ?

— Un meurtre et un tableau, répondit Higgins.

— Pour le meurtre, je ne suis pas compétente ; pour le tableau, tout dépend de l'époque.

— Nous accordez-vous quelques minutes ?

— Vous empiétez sur la courte plage de repos que je m'accordais, mais qui refuserait de coopérer avec la police de Sa Majesté ?

— Nous vous sommes gré de votre compréhension, madame.

Higgins sortit carnet noir et crayon.

— Est-il nécessaire de prendre des notes, inspecteur ?

— Je me méfie de ma mémoire et ne tiens pas à déformer les propos de mes interlocuteurs ; mais rassurez-vous, ces griffonnages n'ont aucun caractère officiel.

— J'aime autant. Aucun journaliste n'a publié de papier sur moi, et je ne supporterais pas d'être livrée en pâture à la presse à cause d'une indiscrétion.

— Soyez rassurée, intervint Marlow, l'inspecteur Higgins est une véritable tombe.

— Tant mieux.

— Connaissez-vous une société dont l'intitulé est « Ego productions » ? demanda Higgins.

— Non, inspecteur.

— Avez-vous eu l'occasion d'entrer dans un immeuble moderne de la City, Keer Gardens ?

— Je déteste ce genre d'endroit en général, et l'art moderne en particulier.

— Il s'agit de bureaux.

— Je paie plusieurs hommes d'affaires pour gérer ma fortune ; ce sont eux qui vont dans les bureaux, pas moi. Ne parliez-vous pas d'un meurtre ?

— J'y viens, madame ; auparavant, reconnaissez-vous ce tableau ?

Higgins présenta à Beata Rosen une photographie de la copie du tableau de Gainsborough découverte sur le lieu du crime.

— Bien entendu, c'est l'un des chefs-d'œuvre de ma collection privée. Gainsborough et Reynolds sont les deux plus grands portraitistes de la peinture anglaise, et leur rivalité me fascine. Quel admirable XVIIIe siècle, messieurs, quelle lutte de titans au sommet de l'art ! Leurs autoportraits, à l'âge de trente ans, révèlent tout de leur tempérament. Reynolds est tonique, conquérant, prêt à défier le monde, à devenir le premier président de la Royal Academy, et à clamer : « Le véritable peintre doit s'efforcer de perfectionner ses tableaux par la noblesse de ses idées » ; Gainsborough est secret, méditatif, sauvage, mélancolique, amoureux de la nature, capable de se retirer à la campagne et d'y mener une vie de bohème. Et leur inhumation fut à l'image de leur existence : Reynolds enterré après avoir reçu les plus grands honneurs et bénéficié de funérailles splendides dans la cathédrale

Saint-Paul, Gainsborough reposant dans sa campagne chérie après une cérémonie discrète, à laquelle n'assistaient que quelques amis. Et dire que le roi George III n'aimait pas Reynolds, qui avait pourtant peint son mariage ! Au moins, il aimait Gainsborough. Moi, je préfère tantôt l'un, tantôt l'autre.

— Vous n'avez accepté qu'une seule publication photographique de votre collection privée.

— En effet, inspecteur, dans l'intérêt de l'histoire de l'art. À ma mort, une exposition sera organisée et immortalisera ma mémoire.

— Qui a pu exécuter cette copie à votre insu ?

Beata Rosen sourit. Marlow eut l'impression d'être face à une tigresse.

— Elle ne l'a pas été à mon insu, puisque j'en suis l'auteur.

— C'est tout à fait remarquable, madame.

— Pas autant que vous le voyez, inspecteur ; en réalité, cette copie est remplie de défauts, mineurs, mais ce fut un exercice de style amusant qui m'a rappelé mes longues années de travail dans diverses écoles de Beaux-Arts de la planète. À vrai dire, ce fut un hommage personnel, et combien modeste, à mon cher Gainsborough.

— À quelle occasion avez-vous eu cette idée ?

— Un coup de cœur pour une Indienne, Savitri Jong, que j'ai croisée dans un cocktail et qui découvrait avec émerveillement la peinture anglaise. Comme elle m'était extrêmement sympathique, je lui ai fait visiter mon musée privé, et elle est tombée en extase devant *le Cavalier se promenant dans la campagne*. Son émotion m'a ravie, et je lui ai fait cadeau d'un sous-verre abritant une copie que je venais de terminer.

— Que saviez-vous de Savitri Jong ?

— Une Indienne riche, belle et raffinée, plutôt excentrique, avec un grain de folie tout à fait adorable.

— Vous a-t-elle fait des confidences sur sa vie privée ?

— Nous ne nous sommes vues que deux fois, inspecteur, et n'avons parlé que de peinture.

— Était-elle inquiète, nerveuse ?

— Un peu, c'est vrai, comme un oiseau pourchassé qui ne saurait où trouver refuge.

— N'a-t-elle pas précisé ses angoisses ?

— Non, inspecteur.

— À quand remonte votre dernière entrevue ?

— Environ... deux mois. Depuis, je n'ai pas eu de ses nouvelles. Comme je lui ai donné l'un de mes numéros de téléphone privés, elle me rappellera et nous nous reverrons.

— Désolé de briser cet espoir, madame.

— Que voulez-vous dire ?

— Savitri Jong a été assassinée.

— Assassinée... Mais qui a pu...

— Notre devoir consiste à le découvrir.

— C'est une noble tâche, monsieur. Être remonté jusqu'à moi grâce à la copie du Gainsborough prouve déjà des compétences exceptionnelles.

— De la méthode et de l'intuition, madame. Vous offusquerez-vous, si je vous demande où vous vous trouviez, lundi dernier, entre 15 h et 16 h ?

Beata Rosen posa l'index droit sur ses lèvres.

— Lundi dernier, voyons... Voilà, j'y suis ! Je me trouvais à la Tate Gallery pour admirer quelques Turner. Je lui préfère Gainsborough et Reynolds, mais son génie est indéniable.

— Avez-vous parlé à quelqu'un ?

— Inspecteur, vous n'y songez pas ! Quand on admire des tableaux, on se tait.

— Vous avez pris un taxi, bien entendu.

— Non, j'ai conduit moi-même ma Jaguar ; c'est un petit plaisir que je m'offre de temps à autre.

— Turner est un peintre merveilleux, dit Higgins ; sa vision des couleurs nous permet d'aller au-delà de la réalité apparente.

— Aimeriez-vous visiter ma collection privée, inspecteur ?

— Avec plaisir, madame, dès que nous aurons terminé notre travail.

— Encore des questions ?

— Quelques-unes, si vous en êtes d'accord.

— Allons-y.

— Le nom d'Ambrosius Braid vous est-il familier ?

Beata Rosen hocha négativement la tête.

— Et celui de Jakob Thonberg ?

La milliardaire ouvrit des yeux étonnés.

— Le psychanalyste le plus cher de Londres ?

— Lui-même.

— De quelle manière est-il mêlé à ce drame ?

— À condition que vous le gardiez pour vous, je puis vous confier que la victime fut sa cliente.

— Confidence pour confidence, moi aussi. J'ai commencé une analyse par curiosité, puis j'ai pris peur, et j'ai préféré interrompre ce déballage de souvenirs, de rêves et de cauchemars.

— Est-ce la psychanalyse qui vous a effrayée ou Jakob Thonberg ?

— Question redoutable, inspecteur ! Je ne sais quoi vous répondre... En tout cas, je suis heureuse d'avoir échappé à cette magie noire.

Higgins consulta ses notes.

— Avez-vous rencontré Mélania Miler?

— Elle m'a maquillée à plusieurs reprises; c'est un véritable génie qui a pris son essor lorsqu'elle a vendu l'une de ses idées à un industriel. Quelle femme fascinante... Pour moi, elle est l'incarnation même de la beauté, bien que sa vie sentimentale soit, paraît-il, fort compliquée. Comme j'ai horreur des ragots, je ne tiens pas à en dire davantage sur ce sujet. En avez-vous terminé, inspecteur?

— Pour le moment, oui.

— Je vous emmène voir mes Gainsborough et mes Reynolds. Ah... Un détail me revient.

— Je vous écoute, madame.

— Savitri Jong m'a parlé d'une de ses relations, un autre amateur de peinture, lord Carolus Gurlingham.

Le ton de la milliardaire était devenu glacial.

— Citer ce nom semble vous contrarier, remarqua Higgins.

— Je hais cet homme, déclara-t-elle, les poings serrés. Il est dur en affaires, impitoyable et malhonnête. L'art n'est pour lui qu'un placement comme un autre, les peintres équivalent à des billets de banque.

— Vous aurait-il joué un mauvais tour?

— Il a acheté un commissaire-priseur pour me voler une esquisse de Gainsborough lors d'une vente publique, mais je n'ai pu prouver cette malversation. Je suis rancunière, inspecteur; si l'occasion m'est donnée de lui nuire, je ne la manquerai pas. Oublions tout cela, voulez-vous, et offrons-nous quelques minutes d'extase.

CHAPITRE XIII

Scott Marlow avait déposé Higgins à l'hôtel Connaught, le plus beau fleuron de Carlos Place. L'établissement tenait à préserver la tradition sous toutes ses formes ; dans les salles de réception et dans les chambres, seuls étaient admis des meubles anciens et authentiques. Des employés, dont la majorité aux cheveux blancs, s'acquittaient d'un service impeccable et passaient, silencieux et zélés, devant dorures et boiseries. Peu nombreuses, les chambres du Connaught n'accueillaient qu'une clientèle triée sur le volet.

Le superintendant n'avait pas éclairci le mystère pesant sur les nombreuses relations féminines que les mauvaises langues du Yard prêtaient à l'ex-inspecteur-chef ; le savoir résider au Connaught, dans un cadre victorien qui ne supportait aucune entorse à la morale classique, le rassurait.

Comme convenu, Marlow passa chercher son collègue à 9 h. Habillé d'un costume croisé bleu de nuit dû au talent de son tailleur de chez Stovel and Mason, Higgins ressemblait davantage à un gentleman préoccupé d'étiquette qu'à un impitoyable limier de Scotland Yard.

L'ex-inspecteur-chef monta à l'avant de la Bentley.

— Avez-vous passé une bonne nuit, mon cher Marlow ?

— Épouvantable.

— Mauvaise digestion ?

— Si ce n'était que cela... J'ai accumulé des informations sur le compte de lord Carolus Gurlingham. Il est intouchable, tout à fait intouchable.

— Pour quelle raison ?

— Parce qu'il appartient à l'ordre de la Jarretière, fondée le 19 janvier 1950 par Édouard III.

— Le plus délicat, à propos de cet Ordre, est son origine. La première version indique que le monarque aurait hissé sa jarretière à l'extrémité de sa lance pour déclencher l'assaut de ses troupes, lors de la victoire de Crécy ; la seconde, beaucoup moins héroïque, veut que cette fameuse jarretière soit celle de la comtesse de Salisbury, l'une des maîtresses du roi, qui l'aurait perdue au cours d'une figure risquée lors d'un bal.

— Mais enfin, Higgins ! Oubliez-vous que le protecteur de l'Ordre est saint George, le patron de l'Angleterre, que le grand maître de l'Ordre est le souverain régnant et que son lieu d'élection est la chapelle du château de Windsor ? Cette appartenance rend lord Carolus Gurlingham tout à fait intouchable, je vous le répète.

— Cela ne vous ressemble pas, mon cher Marlow ; accepteriez-vous qu'un seul citoyen de ce pays échappât aux investigations de Scotland Yard ?

— Non, bien sûr, non...

— Eh bien, oublions l'ordre de la Jarretière, et rendons visite à lord Carolus Gurlingham.

— Il ne nous recevra pas.

— Détrompez-vous. Son secrétariat nous a fixé rendez-vous à 10 h 30.

★

À 10 h 32, lord Carolus Gurlingham fit son entrée dans le salon d'honneur de son hôtel particulier de Mayfair. L'accumulation de dorures, d'horloges du XVIIIe siècle, de tableaux anciens dont deux Gainsborough, de commodes du XVIIe siècle français, de bibelots rares comme des boîtes à priser en or, de porcelaines de Sèvres, de fauteuils en bois doré, rendait l'atmosphère étouffante.

Âgé de soixante-deux ans, les cheveux coiffés en brosse, la moustache en crocs, vêtu d'un blazer bleu et d'un pantalon gris, sa chemise en popeline ornée d'un nœud papillon rouge, l'aristocrate faisait songer à un officier supérieur de l'armée des Indes.

— Inspecteur Higgins, je présume?

— Pour vous servir.

— J'ai entendu parler de vous par quelques relations haut placées.

— J'espère qu'elles furent élogieuses.

— Très élogieuses, inspecteur; on affirme que vous ne laissez guère de chances aux assassins.

— C'est très exagéré, lord Carolus.

— J'espère que non! Sans Scotland Yard, que deviendrait le royaume? Continuez à arrêter les criminels, à lutter contre le crime et à pendre les coupables. Il n'y a pas d'autre solution pour échapper à la décadence.

Lord Carolus Gurlingham était moins antipathique que le superintendant ne l'avait supposé. Malgré sa voix un peu rauque et son allure autoritaire, il ne manquait pas de bon sens.

— Vous avez sollicité un rendez-vous, inspecteur?

— En effet, lord Carolus, et je vous remercie d'avoir accédé à ma requête.

— Le devoir est le devoir; quand la police a besoin de moi, je réponds présent. Si nous agissions tous ainsi, l'ordre public serait mieux respecté.

— Pourtant, votre emploi du temps doit être fort chargé.

— Ah, ne m'en parlez pas! Mes fondés de pouvoir et mes financiers ne cessent de me harceler à propos de bénéfices, de placements, d'investissements, que sais-je encore! Je n'entends rien à ce monde de la finance, mais je ne supporte pas la malhonnêteté. Si l'un de mes conseillers me trompait, il tâterait de la pointe de ma botte. À propos, un peu de thé?

Higgins demeura impassible, malgré le danger. Aucune plante grasse à proximité pour y déverser le contenu de sa tasse. Boire ce liquide était une épreuve que l'estomac de l'ex-inspecteur-chef ne supporterait pas.

L'aristocrate baissa le ton.

— Quand je dis « du thé », nous nous comprenons... Il est un peu tôt, mais que penseriez-vous d'un bon whisky écossais?

Lord Carolus Gurlingham remplit lui-même trois verres.

— Admirable, commenta Marlow, qui ne regrettait plus d'avoir importuné un si grand personnage.

— Si nous en venions au fait, messieurs?

— Connaissez-vous un dénommé Ambrosius Braid? interrogea Higgins.

— Négatif. De qui s'agit-il?

— Du gardien d'immeuble de bureaux de la City, Keer Gardens.

— Une horreur métallique... Quand une voiture passe devant, je détourne la tête. Les architectes sont devenus complètement fous !

— Êtes-vous entré dans cet immeuble, lord Carolus ?

— Sûrement pas ! Je n'apprécie que les vieilles demeures et les vieilles pierres.

Higgins fixa une superbe mosaïque représentant un centaure luttant contre un lion.

— Palmyre, n'est-ce pas ?

— Exact, inspecteur. Seriez-vous aussi un archéologue patenté ?

— Certes pas, lord Carolus ; mais j'ai visité cette ville, autrefois, et j'en ai gardé un souvenir ébloui. Au temps de sa splendeur, entre le Iᵉʳ siècle avant Jésus-Christ et le IIIᵉ siècle après, elle devait être magnifique, avec ses temples, ses villas, ses statues, ses bas-reliefs et ses marchés où les caravaniers vendaient de la soie de Chine, des épices et des onguents.

— L'important, c'est que ça soit beau ! Les dates et les lieux importent peu.

— Avez-vous croisé la route d'un psychanalyste nommé Jakob Thonberg ?

— Un charlatan, comme tous ceux de son espèce ! Je ne l'ai jamais rencontré, mais je lis le *Times* comme tout un chacun... Quel est le rédacteur assez imbécile pour avoir accepté la prose de ce névrosé ? Je m'énerve, je m'énerve... Mais pourquoi êtes-vous ici, au fait ?

— À cause de Beata Rosen.

— Beata Rosen, cette fille ! Une ambitieuse et une menteuse qui devrait être chassée de la bonne société !

— Elle vous accuse d'avoir eu un comportement... illégal lors d'une vente aux enchères.

— Cette hystérique raconte son histoire partout ! Ma patience a des limites ; cette fois, je porte plainte puisqu'elle a osé m'accuser et envoyer Scotland Yard chez moi.

— Ce n'est pas le cas, lord Carolus ; mademoiselle Rosen reconnaît qu'elle n'a aucune preuve contre vous. Et si je vous comprends bien, vous niez sa version des faits.

— Catégoriquement ! J'ai surenchéri sur elle pour obtenir une esquisse de Gainsborough et j'ai gagné, voilà tout. Elle fut tellement vexée qu'elle a inventé un conte à dormir debout.

— Déplorable, estima Marlow.

— Je ne vous le fais pas dire, superintendant ! Si le Yard est digne de sa réputation, il devrait la mettre hors d'état de nuire.

Le regard de l'aristocrate devint suspicieux.

— Si vous n'êtes pas chez moi à cause de cette histoire, quel est le motif de votre visite ?

— L'assassinat d'une Indienne de trente-neuf ans nommée Savitri Jong.

Lord Carolus Gurlingham sembla interloqué.

— En quoi ce drame me concerne-t-il ?

Higgins lui montra la photographie de la victime ; l'aristocrate la posa sur une commode.

— Je ne connais pas cette malheureuse.

L'ex-inspecteur-chef consulta son carnet.

— Voici les paroles exactes de Beata Rosen : « Savitri Jong m'a parlé d'une de ses relations, un autre amateur de peinture, lord Carolus Gurlingham ».

— Mensonge, inspecteur, ignoble mensonge !

— Peut-être pas.

— Comment... Comment osez-vous...

— Savitri Jong s'est vantée de vous connaître pour éblouir Beata Rosen. Cette dernière est de bonne foi et vous aussi.

— Elle, de bonne foi... Mais elle voulait me mettre un crime sur le dos !

— Ne croyez pas que le Yard s'appuie sur un argument aussi faible, intervint Scott Marlow.

— Je vous répète que cette folle de Rosen est dangereuse ; sur moi ses calomnies n'ont aucune prise, mais elles pourraient nuire à quelqu'un de fragile.

— Pour la bonne règle, lord Carolus, et par simple esprit de routine, interrogea Higgins, pourriez-vous nous dire où vous vous trouviez lundi dernier, entre 15 h et 16 h ?

Marlow retint son souffle. En posant cette question, Higgins signifiait à lord Carolus Gurlingham qu'il le comptait au nombre des suspects. L'aristocrate n'allait-il pas entrer dans une violente colère ?

Lord Carolus se contenta de vider son verre.

— La routine, c'est essentiel ; c'est grâce à elle que l'on gagne les guerres. Lundi dernier, à cette heure-là, je faisais une bonne sieste ici, après un déjeuner bien arrosé.

— Merci pour votre coopération, lord Carolus.

— Je crains de ne pas vous avoir été très utile.

— Une enquête n'est pas faite que de succès. Ah, une dernière question... Avez-vous entendu parler de Mélania Miler ?

L'aristocrate se gratta le nez, puis fouilla dans une pile de revues posée sur un guéridon de marbre.

— La voilà, votre Mélania Miler !

La jeune femme, entièrement vêtue de noir, trônait sur une pleine page d'un magazine, vantant elle-même la qualité d'un de ses produits de maquillage.

— Une belle fille, en vérité, que l'on aimerait bien rencontrer !

— Pardon de vous avoir importuné, lord Carolus.

— J'ai apprécié votre compagnie, messieurs.

CHAPITRE XIV

La pluie de juin était de retour, évoquant le *Sonnet de printemps* de Harriett J.B. Harrenlittlewoodrof, une poétesse peu connue, pourtant promise par les spécialistes au prix Nobel de littérature.

Glisse, onde céleste et perle des nuées,
Glisse sur la pulpe des monts et les feuilles naissantes,
Perds-toi dans la brume des villes
Et reviens vers ta source.

Avec un courage digne d'éloges, la vieille Bentley de Marlow se fraya un chemin jusqu'à Wilton Row, dans le quartier de Belgravia où était sis le pub à l'enseigne du Grenadier. Non loin de Hyde Park, l'établissement possédait une charmante façade ornée d'une vigne grimpante. Deux officiers de la garde, songeant sans doute aux exploits de Wellington, buvaient une pinte de cidre doux, assis sur un banc.

Marlow et Higgins pénétrèrent à l'intérieur du Grenadier et prirent place à une table sur laquelle étaient posées une chandelle et une bouteille de Dom-Pérignon remplie d'eau fraîche.

— C'est la table du fantôme, révéla Higgins.

— Vous plaisantez ?

— Non, il s'agit d'un officier héroïque qui, après avoir traversé bien des dangers, mourut en buvant une bière, au pied du bar. Depuis son décès, il revient périodiquement se désaltérer. Que penseriez-vous d'une bonne pinte de *Stout* ?

Scott Marlow ne se fit pas prier pour déguster une bière brune revigorante, accompagnée d'un *Steak and Kidney Pie* traditionnel, mêlant cubes de bœuf, rognons, champignons, bouillon et graisse de bœuf, herbes séchées, et Worcestershire sauce. La pâte était parfaitement réussie et la croûte dorée à point.

— Je ne vous cache pas mon soulagement, avoua le superintendant. Je craignais que ce lord ne nous mette dehors et ne nous cause les pires ennuis. En fin de compte, il est plutôt bonhomme.

— Reste à savoir s'il est tout à fait étranger à cette affaire.

— Nous n'avons rien contre lui !

— À dire vrai, avons-nous quelque chose contre quelqu'un ?

— Je pense que oui, Higgins ! Prenons Ambrosius Braid, le gardien de l'immeuble ; quand nous aurons mené un interrogatoire serré, il craquera et nous dira la vérité.

— Possible.

— Et ce psychanalyste, Jakob Thonberg ! Il a bel et bien torturé le psychisme de la victime, mais refuse de nous communiquer le moindre renseignement à son sujet. N'est-ce pas une attitude suspecte et condamnable ?

— De son point de vue, non.

— Et Beata Rosen ? Cette copie de Gainsborough que nous retrouvons sur le lieu du crime. Étrange, non ?

— Pour le moins, superintendant.

— Et Mélania Miler ! Deux indices contre elle : le flacon blanc de sérum de jouvence et le petit bloc de bronze posé sur les peignoirs et les serviettes de bain pour les parfumer. Elle n'a pas parlé de cet objet, mais à qui d'autre l'attribuer ?

Higgins prit des notes sur son carnet.

— Allez jusqu'au terme de votre pensée, mon cher Marlow.

— Deux solutions, Higgins : ou bien la victime a acheté cet objet dans un magasin, ou bien Mélania Miler le lui a offert, de même que le flacon blanc.

— Même si vous avez raison, nous ne tenons pas les preuves d'un assassinat.

Le superintendant se renfrogna : son collègue avait raison.

Après avoir consommé un second *Steak and Kidney Pie* aussi réussi que le premier, Marlow téléphona au Yard. Ce que lui apprit son correspondant ne le réjouit pas.

— Comment se comporte Ambrosius Braid ?

— Rien d'intéressant. Il rentre chez lui après le travail, s'y enferme, et n'en sort que pour retourner à Keer Gardens. Pourtant, je suis sûr qu'il commettra une faute.

— Maintenez la filature.

— Que va penser *Queen Mum* ? s'inquiéta Marlow.

— Nous tâcherons de ne pas décevoir sa confiance, superintendant, mais cette affaire ne se présente pas au mieux. Il existe des liens apparents entre la victime et les personnes que nous avons rencontrées, mais nous conduisent-ils au mobile du crime et à l'assassin ?

— Vous semblez pessimiste, Higgins.
— Il nous reste au moins deux pistes à explorer.

*

Le quartier d'Islington avait gardé un charme certain, grâce à la présence du canal Grand Union et de son chemin de halage. Il faisait bon flâner dans les rues de Canonbury, admirer les parterres de fleurs de Canonbury Square, découvrir les demeures du XVIIIe siècle ; mais Higgins et Marlow avaient un but bien précis, un magasin d'antiquités de Camden Passage, au cœur d'un îlot d'antiquaires où les connaisseurs venaient se procurer de belles pièces.

La boutique de John High ne payait pas de mine. Une petite devanture peinte en vert bouteille, une vitrine étroite qui eût mérité un sérieux nettoyage, une exposition d'objets modernes et sans intérêt. Ce médiocre décor avait été conçu pour éloigner le chaland et l'amateur mal informé ; pour découvrir les trésors de John High, il fallait déjouer ce trompe-l'œil, pousser la porte et gagner la confiance de l'antiquaire, éternellement vêtu d'une blouse orange et coiffé d'un béret écossais. À force de vivre entouré de meubles et de bibelots anciens, John High n'avait plus d'âge.

— Higgins ! Voilà longtemps que vous n'étiez pas venu jusqu'à moi...

— Je le déplore, mais la vie à la campagne est plus prenante qu'on ne l'imagine.

Les yeux de l'antiquaire devinrent suspicieux.

— Quel est cet homme, avec vous ?

— Un collègue, le superintendant Marlow.

— S'agirait-il d'une démarche... officielle ?

— Nous enquêtons sur un meurtre et avons besoin d'une expertise concernant deux objets trouvés sur le lieu du crime.

— Lourde responsabilité.

— C'est pourquoi je m'adresse à vous.

— Je n'aime pas collaborer avec la police mais avec vous, c'est différent. Montrez-les-moi.

— Voulez-vous aller chercher le premier indice, superintendant ?

Sortir du Yard deux éventuelles pièces à conviction avait nécessité une belle quantité de paperasses, de tampons et de signatures, mais Marlow avait mené à bien cette délicate opération à laquelle Higgins tenait beaucoup. Connaissant l'obstination de l'ex-inspecteur-chef, le superintendant n'avait pas le choix.

Aussi Scott Marlow apporta-t-il religieusement la théière qui avait été témoin de l'assassinat de Savitri Jong.

L'antiquaire l'examina à la loupe.

— Biscuit de qualité moyenne, imitation récente d'une théière de grand luxe provenant de la manufacture de porcelaine Megwood.

Higgins ne s'était donc pas trompé.

— Qui fabrique ce genre d'imitation ?

— C'est tout de même du bon travail et ça vaut un certain prix, estima John High. Sans nul doute, cette théière sort d'une des fabriques de sir Patrick Henlon.

L'ex-inspecteur-chef nota le nom sur son carnet noir.

— Le connaissez-vous personnellement ?

— Non, mais sa réputation est plutôt bonne ; il choisit des matériaux corrects et ne vend pas trop cher.

Marlow apporta l'un des deux fauteuils de planteur

qui faisaient partie du mobilier de l'appartement du crime.

— Tiens, tiens... dit John High, intrigué.

L'antiquaire se pencha sur le cannage.

— C'est du vrai travail d'artisan. Regardez, Higgins ; les trous ont été renforcés à la colle à bois, avec beaucoup de soin, l'ébénisterie a été réparée avant l'opération de cannage proprement dite, réalisée brin par brin, comme il se doit. Sinon, un mauvais cannage aurait arraché le bois et brisé les assemblages.

John High passa le doigt à divers endroits.

— Aucune pellicule de colle en guise de camouflage. Et la qualité du brin... remarquable ! L'artisan a utilisé plusieurs types d'aiguille et a même adouci leurs angles avec du papier à poncer. Et la tension des brins a été effectuée sans cassure, car les bords des trous ont été doucement écartés avec une cheville. Pour de la belle ouvrage, c'est de la belle ouvrage ! Dans cent ans, ce fauteuil sera une pièce de musée. Mais c'est tout de même bizarre...

— Qu'est-ce qui vous surprend, mon cher High ?

— Cette main-là, ce n'est pas n'importe laquelle. Je fouille dans mes archives et je reviens.

L'exploration fut de courte durée ; l'antiquaire revint avec un dossier rempli de dessins et de photographies.

— J'en étais sûr, c'est elle ! Dorothy Burgozly, une Hongroise qui a fabriqué des chaises comme celle-ci et des lits de repos au cannage aussi remarquable.

— Où peut-on la trouver ?

— Je n'en sais rien ; elle a disparu de la circulation il y a une bonne vingtaine d'années. Et c'est ça qui est bizarre...

— Pourquoi donc ?

— Parce que cette chaise est de fabrication récente. Dorothy Burgozly aurait repris ses activités sans le faire savoir aux spécialistes et aux revendeurs... Étrange, non ?

— Quelle était sa dernière adresse ?

— Un atelier, dans Queensway.

CHAPITRE XV

Le quartier de Bayswater n'était pas le préféré de Scott Marlow, qui voulait ignorer que les aristocrates et les gros bourgeois de l'ère victorienne y avaient acheté des appartements pour y loger leurs maîtresses et les honorer avec discrétion. Après avoir emprunté Notting Hill Gate et Bayswater Road, la vieille Bentley, un peu essoufflée mais toujours vaillante, tourna à gauche dans Queensway, une artère très populaire où s'ouvraient de nombreux magasins, dont un grand nombre tenu par des étrangers. La rue devait pourtant son nom à la reine Victoria elle-même, qui aimait s'y promener à cheval avant que le destin ne l'amenât sur le Trône.

À l'adresse indiquée par John High, il n'y avait plus d'atelier de cannage, mais un restaurant chinois d'où se dégageaient des odeurs suspectes, et qui servait des repas à toute heure du jour et de la nuit.

Un serveur cassa le buste devant Scott Marlow.

— Puis-je vous être utile, messieurs ?

— Scotland Yard. Nous aimerions voir votre patron.

— Tout de suite, monsieur.

Le serveur passa derrière un rideau et ramena un

vieil homme aux cheveux et à la barbiche blancs. Lui aussi s'inclina avec style.

— Monsieur désire ?

— Superintendant Marlow. Vous êtes le propriétaire ?

— Oui, monsieur.

— Avez-vous acheté ce local à une femme qui s'occupait de cannage ?

— En effet, superintendant.

— Vous souvenez-vous de son nom ?

— Dorothy Burgozly. Elle fut très dure en affaires, mais nous trouvâmes un terrain d'entente.

— Vous aurait-elle laissé une adresse ?

— Elle m'a dit qu'elle s'installait dans le quartier de Bloomsbury, non loin du British Museum.

★

Higgins et Marlow arpentèrent Bloomsbury Street, New Oxford Street, Bloomsbury Way, Southampton Way et interrogèrent en vain un certain nombre de commerçants : la chance finit par tourner et, dans Sicilian Avenue, une marchande de fausses chaises d'époque fut troublée par le nom de Dorothy Burgozly.

— Une femme charmante... Et un as dans son métier ! Elle avait beaucoup de clients, surtout des gens fortunés qui lui demandaient des travaux compliqués et des réparations impossibles.

— Pourquoi a-t-elle cessé son activité ? demanda Higgins.

— Pour la meilleure des raisons : elle s'est mariée avec une grosse fortune !

— Connaissez-vous son nom ?

— Bien sûr que oui ! Sir Patrick Henlon, le fabricant de théières. Quand il est venu la chercher, le jour de la fermeture de son atelier, il m'en a offerte une.

★

Le Yard procura à Marlow l'adresse de sir Patrick Henlon, qui habitait un étrange hôtel particulier proche du Chelsea Physic Garden, un magnifique jardin d'herbes médicinales, fondé en 1673. L'impressionnante demeure, en pierre de taille, comprenait deux étages animés par de hautes fenêtres et coiffés de combles à la française ; elle trônait au cœur d'un jardin orné de plusieurs statues, dont celles de Diane chasseresse et de Neptune nanti de son trident. Un escalier monumental donnait accès à un perron agrémenté de buis taillés plantés dans des vasques.

Un domestique parfaitement stylé reçut les deux policiers, écouta leur requête d'une oreille attentive, et les introduisit dans un vaste salon d'un raffinement exceptionnel. Aux murs, des tableaux vénitiens ; dans les angles, des potiches chinoises de l'époque Ming ; de part et d'autre des fenêtres, des chaises Regency ; au centre de la pièce, une table de marbre rose sur laquelle étaient posées des théières en argent massif du XVIIe siècle. De grands miroirs, encadrés de sculptures rococo, élargissaient encore l'espace.

Une porte en glace s'ouvrit, laissant le passage à un homme d'une soixantaine d'années, habillé d'un costume de velours quelque peu élimé. Le crâne chauve, les sourcils épais, les yeux noirs et vides, il avançait d'un pas mécanique.

— Avant tout, messieurs, une question : un nageur en péril, à cause d'une tempête, préférera-t-il revenir vers la terre ferme en empruntant un étier ou une épenthèse ?

— L'étier lui donnera une petite chance de survivre, répondit Higgins, l'épenthèse aucune.

— Expliquez-moi ça !

— Si je ne m'abuse, l'épenthèse consiste à ajouter un phonème non étymologique à l'intérieur d'un mot, alors que l'étier est un canal par lequel un marais salant communique avec la mer. Votre nageur risque de se noyer dans le marais.

— Stupéfiant ! Êtes-vous membre d'une association linguistique ? Moi, oui ! Je milite depuis des années pour l'abolition de l'apostrophe aberrante, comme dans Speakers' Corner. Un professeur d'Oxford me conteste cette initiative, mais je combattrai jusqu'au bout !

— D'Oxford, on peut tout craindre.

— Seriez-vous de Cambridge ?

— Bien entendu, répondit Higgins.

— Si ce n'était pas quelque peu vulgaire, je vous serrerais la main ! Mais je n'ai pas bien entendu votre nom.

— Inspecteur Higgins, de Scotland Yard ; je vous présente mon collègue, le superintendant Marlow.

— Scotland Yard, Scotland Yard... Mais c'est la police ! La police chez moi... Et pourquoi ? Pourquoi... voilà bien le mot clé d'une existence humaine. Nous sommes tous confrontés à des multitudes de « pourquoi » dont la plupart demeurent sans réponse. Par bonheur, il y a le lignage. Ma famille est très ancienne ; les Henlon se sont bien battus pendant la guerre de Cent ans, ils ont servi en Inde et ont massacré avec un bel entrain les ennemis de la Couronne. Du courage et de la hargne ! Avec ces carburants-là, on fait ronronner n'importe quel moteur. La théière, allez-vous me dire... Eh oui, la théière ! Mais que voulez-vous ? Je suis condamné à faire fortune pour entretenir ce palais, mes autres maisons et mes terres. Les frais, les impôts, les taxes, les salaires des employés... Alors, vive la théière ! Bien sûr, c'est du bricolage et pas une création artistique. Mais qui apprécie l'art, aujourd'hui ? Il faut le cacher et le réserver à des yeux avertis. Vous avez vu mes théières en argent massif ? Qui est capable de goûter leurs courbes, leurs volumes, leur magie... Surtout, qu'on n'y verse pas une goutte de liquide ! Elles sont faites pour être, non pour servir... Faut-il être un manant pour servir du thé dans un pareil chef-d'œuvre ! Higgins, Scott Marlow, c'est ça... Et pourquoi êtes-vous entrés dans la police ?

— Sir Robert Peel's, le fondateur de Scotland Yard, en 1822, lui a fixé des buts, rappela Scott Marlow : protéger la vie et la propriété, préserver la tranquillité publique et lutter contre le crime.

— Un bel idéal, estima sir Patrick. La tranquillité, voilà ce dont nous manquons le plus ! Croyez-vous que je sois tranquille, malgré ma fortune ? Eh bien, non, messieurs ; quand on n'a pas un sou, on ne pense qu'à l'argent, et lorsqu'on en a beaucoup, c'est pareil ! Quelle poisse, non ? Moi, finalement, je me contenterais bien d'être riche sans penser à rien, mais mes satanées théières et mes revenus fonciers ne m'en laissent pas le temps. Avez-vous remarqué, messieurs ? Une négligence, et le ciel vous tombe sur la tête ! Il suffit que j'omette de regarder une seule ligne de mes comptes, et c'est celle-là qui m'attirera des ennuis. La vigilance, voilà l'essentiel ! Êtes-vous resté longtemps à Cambridge, inspecteur Higgins ?

— Pas assez à mon goût, sir Patrick.

— Vous avez raison : le temps des études est le plus merveilleux et le plus enviable. Moi, je l'ai consacré à la linguistique, à la phonétique, à l'histoire des mentalités, à la géographie amazonienne et à quelques autres sujets que personne n'approfondit. Nos gouvernements sont incapables de gouverner, voilà le vrai drame ! On se dispute les postes, on se fait des croche-pieds, on sombre dans les scandales financiers, et l'on tombe à l'eau sans savoir nager ! La démocratie... Quelle blague ! Et ces milliers de gogos qui continuent à y croire, comme si on leur demandait leur avis. Gogo, le nom d'un personnage de l'auteur français Frédérick Lemaître, d'un de ces misérables Français qui ont coupé la tête à leur roi et semé la terreur et la guerre dans toute l'Europe. J'espère que vous n'êtes pas des gogos, à Scotland Yard ?

— Nous luttons contre cette tendance, affirma Higgins.

Sir Patrick Henlon leva les yeux vers le plafond.

— Les peintures du XVIIIe siècle ne s'écaillent pas, parce que les peintres les préparaient eux-mêmes ou avaient des ateliers capables de leur fournir des matériaux de qualité. Les toiles et les couleurs de nos artistes modernes tomberont en poussière et disparaîtront à jamais du paysage... Moi, je ne les regretterai pas ! Un peu moins de pollution visuelle nous rendra peut-être moins stupides. Quand notre regard sera complètement détruit, il pleuvra du béton.

— Sir Patrick, avança Marlow, nous voudrions...

— Ah, vous voudriez ! Eh bien, superintendant, c'est la bonne voie ! Comme l'affirmait Maître Eckhart, tout dépend d'une volonté vraie et droite... Mais qui lit encore ce vieux mystique rhénan et qui nourrit sa volonté avec des aliments sains ? Et ce n'est pas avec des théières que l'on va combler l'abîme de la bêtise humaine. Les imbéciles attendent une nouvelle guerre d'où sortiront de nouveaux tyrans qui parleront d'avenir et de victoire totale... Dites-moi, vous appartenez bien à Scotland Yard ?

— Indubitablement, répondit Higgins.

— Et c'est bien moi que vous vouliez voir ?

— En effet.

— Et... pour quelle raison ?

— Meurtre.

CHAPITRE XVI

— Meurtre, répéta sir Patrick Henlon, dont le regard demeura vide et inexpressif. C'est plutôt grave, non ?

— Plutôt.

— Et... Qu'est-ce qui vous a amené ici ?

— C'est assez complexe, sir Patrick.

— Ah... ça ne m'étonne pas. Je suppose qu'un meurtre n'est pas une affaire simple.

— Dans certains cas, si.

— Et dans le cas qui nous occupe ?

— Malheureusement non.

— On ne peut pas avoir de la chance tous les jours.

— Dans une enquête criminelle, la chance ne joue guère de rôle.

— Vous devez vivre des moments difficiles.

— Surtout lorsque la vérité paraît inaccessible ; nous avons précisément besoin de vous pour l'atteindre.

— Eh bien... mon concours vous est acquis.

— Êtes-vous déjà entré à Keer Gardens ?

— Keer Gardens... Ce nom m'est inconnu. De quoi s'agit-il ?

— D'un immeuble de bureaux, dans la City.

— Un immeuble... moderne?

— Tout à fait moderne.

— Alors, même si ma mémoire est défaillante, je suis sûr de n'y être jamais entré! Pour moi, ce type d'endroit est l'antichambre de l'enfer, sinon l'enfer lui-même. Le jour où vous verrez sir Patrick Henlon dans un immeuble moderne, vous pourrez être certain qu'il aura perdu la tête!

— Le nom d'Ambrosius Braid vous est-il plus familier?

— Pas davantage, quoique... Braid, Ambrosius Braid... Ça me dit quelque chose, mais quoi exactement... La finance? Non, pas la finance... Les biscuits, non, pas les biscuits... Ah, je ne vois pas. Mais j'ai entendu ce nom-là. C'est lui la victime?

— Non, sir Patrick. La victime est une femme, une Indienne, Savitri Jong.

— La petite Savitri...

— La connaissez-vous? demanda Marlow, stupéfait.

Les yeux de l'aristocrate étaient toujours aussi inexpressifs.

— Bien sûr, je la connais! Nous nous sommes rencontrés lors d'un cocktail d'ambassade, et je l'ai trouvée vive, charmante, éblouissante!

— Vous nous décrivez une toute jeune fille.

— Non, elle a trente ans, tout au plus, mais le temps n'a aucune prise sur elle.

— Elle avait trente-neuf ans, sir Patrick.

— Elle avait... Oui, elle avait...

— Lors de cette rencontre avez-vous conversé avec elle?

— Elle était passionnante et connaissait admirablement la peinture européenne ; nous partagions le même goût pour Gainsborough.

— Vous êtes-vous revus ?

— Deux fois, dans un bon restaurant. Et je lui ai offert une belle théière sortie de ma fabrique la plus performante.

— Parliez-vous encore peinture ?

— Gainsborough, le paysage anglais, la nature au printemps, Bombay, les chevaux, le blizzard au pôle Nord... elle eût été inépuisable ! Je crois qu'elle me rajeunissait et que j'aimais la voir par égoïsme.

— A-t-elle évoqué des difficultés ou des problèmes qu'elle aurait rencontrés ?

— Non, inspecteur, rien de tel... Nous nous amusions comme des enfants. Un détail m'a troublé, cependant... Une certaine angoisse dans son regard, très furtive, comme si elle redoutait un malheur. Bien sûr, c'est facile de dire cela après un horrible drame, et je n'y aurais même pas songé s'il n'était pas survenu. En fait, elle était à la fois fascinante et inquiétante. On riait, bien sûr, mais j'avais un peu peur.

— Vous a-t-elle parlé de sa vie privée ?

L'aristocrate hésita.

— En fait, non... je prends conscience que je ne savais rien sur elle. J'aimerais pouvoir vous aider davantage, mais j'en suis incapable.

Higgins prit des notes sur son carnet noir.

— Savitri Jong était la cliente d'un psychanalyste, Jakob Thonberg, qui refuse de nous parler d'elle en s'abritant derrière le secret professionnel.

— Vous avez bien dit : Jakob Thonberg ? Ce charlatan, ce prophète d'une fausse science, cet arnaqueur, ce bandit de grand chemin, ce pilleur d'âmes, ce...

— Auriez-vous été son patient ? interrogea Higgins.

— Moi, le patient de ce... Oui, je l'ai été. J'ai commencé une « analyse », comme il dit, je me suis allongé sur son divan et j'ai raconté toutes les crétineries qui me passaient par la tête. Non seulement ça m'a énervé, mais en plus, ça m'a coûté une fortune ! Tout le monde peut commettre des erreurs, l'essentiel est de ne pas persévérer. Si j'avais su que Savitri Jong était tombée dans le même piège que moi...

— Qu'auriez-vous fait, sir Patrick ?

— Eh bien... je n'en sais rien.

— L'une des amies de Savitri Jong était aussi la patiente de ce psychanalyste.

— Son nom ?

— Mélania Miler, une célébrité du monde des produits de beauté.

— Ce n'est pas le mien, inspecteur : tel je suis, tel je demeure. Cette beauté-là n'est qu'illusion et fantasme ! Regardez ces chaises, ces moulures, ces glaces, ces théières anciennes... Voilà la beauté pure, inattaquable ! Le reste a-t-il de l'importance ?

— D'après un témoignage, Savitri Jong aurait eu comme relation un personnage très haut placé, lord Carolus Gurlingham, que vous avez peut-être eu l'occasion de fréquenter.

— Lord Carolus... Oui, je l'ai rencontré dans un conseil d'administration.

— Accord ou confrontation ?

— Confrontation. Nous nous sommes même violemment heurtés sur un point technique, et il s'est montré buté, et même de mauvaise foi. Ce jour-là, il a justifié sa réputation d'homme d'affaires impitoyable, indifférent à tout ce qui n'est pas son intérêt. Grâce à sa fortune considérable, il pourrait s'offrir des splendeurs et les contempler la journée durant... Mais il préfère passer sa vie dans les banques et les conseils d'administration, et augmenter sans cesse le volume de ses richesses.

— Qu'en pensent ses proches ?

— Il n'a ni épouse, ni enfants, ni famille, ni amis ; lord Carolus est un vieux loup solitaire, plus féroce qu'une meute de carnassiers. Qu'est-ce qu'il aime au fond ? Peut-être lui-même l'ignore-t-il.

— Aurait-il demandé son aide au docteur Jakob Thonberg ?

— Cela me surprendrait, il est trop avare pour donner son argent à un psychanalyste !

— Savitri Jong ne vous a-t-elle pas parlé de lui ?

— Non, inspecteur ; ça m'aurait frappé ! Comment pouvait-elle frayer avec ce militaire, elle si sensible et si passionnée par les arts ? Je dis « militaire » comme j'aurais dit autre chose, mais cette tête carrée, ces cheveux en brosse, cette allure martiale... Enfin, ce serait plutôt son bon côté, strict, sérieux... Ce type-là a dû commettre pas mal d'exploits, et ça lui permet de continuer à tenir debout dans la folie d'aujourd'hui. Ce monde va mal, inspecteur, et il nous faut des digues pour empêcher la montée des eaux !

— N'avez-vous pas croisé Beata Rosen, la grande spécialiste de la peinture anglaise du XVIIIe siècle ?

— Une prétentieuse, tout à fait insupportable, un chancre qui ferait crever l'arbre le plus solide ! Ces gens qui parlent de l'art en élaborant des théories fumeuses m'ennuient au plus haut point. Cette Rosen a eu la chance d'épuiser trois maris fortunés et de devenir milliardaire grâce à d'excellents contrats de mariage. Une magicienne noire, une suceuse de sang, un vampire assassin, voilà ce qu'elle est ! Les hommes sont parfois stupides. Comment des industriels habitués à diriger et à réfléchir ont-il pu se laisser séduire par cette intrigante qui n'en voulait qu'à leur argent ? Et la voilà propriétaire d'un musée privé où elle cache des chefs-d'œuvre de notre patrimoine ! Vous devriez l'arrêter pour détournement de biens nationaux et l'envoyer en prison pour un bon moment.

— Était-elle en contact avec Savitri Jong ?

— Je n'en sais fichtre rien ! Savitri n'étant pas un homme, elle n'a pas dû s'y intéresser.

Higgins tourna quelques pages de son carnet, s'arrêtant à la page « alibis ».

— Vous souvenez-vous de vos occupations, lundi dernier, entre 15 h et 16 h ?

Les yeux du fabricant de théières demeurèrent inexpressifs comme si la question ne le concernait pas.

— Ça présente un intérêt pour vous ?

— La routine, expliqua Scott Marlow, gêné ; mes supérieurs sont pointilleux, en ce qui concerne la rédaction des rapports.

— Ceci concerne ma vie privée et n'a donc aucun rapport avec votre enquête.

— C'est probable, commenta Higgins, mais vous nous obligeriez en nous apportant cette précision.

— Lundi dernier, entre 15 h et 16 h... Eh bien, je ne m'en souviens plus, plus du tout. Vous savez, les jours succèdent aux jours, le temps s'écoule vite, trop vite, et la mémoire s'enfuit, tel un vent d'automne qui apparaît et disparaît. Si elle me revenait, je vous le dirais volontiers, mais ce lundi-là m'échappe complètement, comme le dimanche précédent, d'ailleurs. Ne vaut-il pas mieux vivre dans l'avenir ?

— Êtes-vous marié, sir Patrick ?

— Oui, avec une femme charmante et plus jeune que moi. Nous n'avons pas eu d'enfants, car l'âge était passé. C'est ainsi, et il faut l'accepter. Les uns ont droit à une nombreuse famille, les autres non ; l'essentiel n'est-il pas de connaître une forme de bonheur ? L'important, dans le mariage, c'est une entente profonde, même si l'on a des goûts très différents.

— Si vous m'autorisez cette question indiscrète, est-ce votre cas ?

— J'aime davantage la bonne chère que mon épouse, le milieu des affaires m'amuse et l'irrite, mais tout cela n'est que superficiel. En réalité, nous sommes d'accord sur tout et nous coulons des jours heureux.

— En es-tu si sûr ? interrogea la voix rauque d'une petite femme en blouse grise qui venait d'entrer dans la vaste pièce.

CHAPITRE XVII

Sir Patrick Henlon se précipita sur sa femme et l'embrassa sur la joue gauche.

— Ma chérie ! Je te présente l'inspecteur Higgins et le superintendant Marlow, de Scotland Yard.

— La police, chez nous ?

— Ne sois pas inquiète, mon poussin ; ce n'est qu'une enquête de routine.

— Deux gradés, dont un superintendant, pour une enquête de routine... Me prendrais-tu pour une idiote ?

— Bien sûr que non, ma biche... Mais pourquoi t'inquiéter en vain ?

L'épouse de sir Patrick avait des cheveux gris peu soignés, un visage carré plutôt viril, des yeux marron volontaires et agressifs, et une voix rauque, assez grave.

Elle regarda Higgins et Marlow.

— Quelle est la véritable raison de votre présence ici, messieurs ?

— L'assassinat de Savitri Jong.

— Ah...

— Assassinat, c'est un bien grand mot ! intervint sir Patrick. Il ne faut pas t'effrayer pour autant, ma douce; parfois, les conclusions d'une enquête sont trop hâtives et l'on revient sur ce qui semblait acquis. Toutes les polices du monde agissent ainsi, et...

— Veux-tu nous laisser, Patrick?

— Vous laisser, mais...

— Ton travail t'attend.

— Oui, c'est possible... Veuillez m'excuser, messieurs, mais le devoir! Pour vous, c'est facile de comprendre. Ravi de vous avoir connus.

Sir Patrick Henlon poussa une porte en glace et disparut dans un couloir.

— Je n'aime pas cet endroit, déclara la petite femme en blouse grise. Venez dans ma bibliothèque.

Elle poussa un autre panneau mobile et fit entrer Higgins et Marlow dans une charmante petite pièce dont les quatre murs étaient tapissés de bibliothèques dont les soubassements s'ornaient de tableaux champêtres où l'on voyait s'ébattre paysans et paysannes lors des fêtes de la moisson. Dans un angle, entre les boiseries baroques, une vasque de marbre rosé dans laquelle un amour ailé versait de l'eau s'écoulant d'une amphore fleurie. Le bureau en merisier massif servait de support à une dizaine d'horloges en or et en argent; à l'opposé, un lit de repos avec des cannages à l'ancienne.

Higgins posa le regard sur les livres.

Des ouvrages techniques, anciens et modernes, consacrés à l'ébénisterie, à la menuiserie, au rempaillage et au cannage.

— Remarquable collection, madame.

— L'une des plus complètes au monde; j'en suis assez fière. Permettez-moi de m'asseoir, messieurs, je suis fatiguée. Si vous le désirez, prenez vous-même un siège. Ainsi, la petite Savitri est morte...

— Votre nom de jeune fille est bien Dorothy Burgozly, madame ?

— Mais oui, inspecteur, et je suis une comtesse hongroise, descendante d'une très ancienne famille. Ancienne, mais ruinée ; c'est pourquoi j'ai dû gagner ma vie en me consacrant à l'art du cannage. J'avais monté un atelier à Londres, et avais même déménagé afin d'étendre mes activités... Mais j'ai rencontré Patrick. Il fut d'abord un client de passage, puis il me fit une cour discrète. De discrète, elle devint assidue, et s'acheva par une demande en mariage.

— Une sorte de conte de fées.

— Oui et non, inspecteur ; nous avons pris notre temps. Nous sommes si différents... Mais j'avoue que la richesse et le confort ont joué un rôle essentiel dans ma décision.

— Je suppose que vous aimez votre mari, madame.

— Nous n'avons pas l'âge de Roméo et Juliette et, pour moi, ce mot « amour » n'a jamais eu le moindre sens. N'est-ce pas un sentiment grotesque, comme les autres sentiments ? Patrick m'offrait de retrouver un rang plus conforme à ma naissance, et je n'ai pas refusé.

— Mais lui-même...

— Il n'est pas plus romantique que moi. Sortir une comtesse hongroise l'amuse et le valorise ; dans son milieu, demeurer trop longtemps célibataire pouvait apparaître comme une sorte de tare. Bref, à condition de ne pas nous voir trop souvent, nous nous entendons à merveille.

— Vous exercez-vous toujours à l'art du cannage ?

— Bien sûr, inspecteur ! C'est la raison pour

laquelle je porte cette blouse grise qui me fait ressembler à une ouvrière. Le cannage est ma passion; comme je n'ai plus besoin d'argent, je l'exerce à mon rythme et avec les exigences des anciens. Est-il bonheur plus parfait?

— Et vous avez offert trois de vos œuvres à Savitri Jong.

— En effet, inspecteur. Pauvre petite... Elle aimait tellement Londres, ses soirées un peu folles, et les charmes de la haute société!

— Quand l'avez-vous rencontrée?

— Il y a deux mois, environ, lors d'une réception donnée à l'ambassade de l'Inde. Elle semblait s'ennuyer un peu, nous avons bu une coupe de champagne, nous avons parlé de l'art en général et de l'ébénisterie en particulier. Comme elle ignorait tout du cannage, je lui ai décrit ma manière de travailler. Elle fut fascinée, comme si elle découvrait un univers nouveau. Elle m'a demandé si elle pouvait m'acheter mes œuvres, je lui ai proposé de lui offrir un lit de repos et deux fauteuils de planteur, un ensemble que je conservais depuis plusieurs années et dont je n'avais pas l'usage.

— Vous a-t-elle donné une adresse de livraison?

— Non, un camion est venu prendre les trois meubles ici, avec un mot de sa main. Le lendemain, elle m'a remerciée. Je crois qu'elle habitait à l'hôtel et qu'elle comptait les emporter en Inde.

— L'avez-vous revue?

— Non, et je le regrette. Nous avons eu plusieurs entretiens téléphoniques, mais nos emplois du temps respectifs ne s'accordaient pas.

— Comment la décririez-vous?

Dorothy Burgozly se concentra.

— Joyeuse, mais angoissée ; sûre d'elle-même et de sa beauté, mais timide comme une jeune fille inexpérimentée ; attirante, mais inquiétante. Exactement le genre de femme que j'aurais voulu être. Elle incarnait une sorte de perfection, elle était riche et belle, forte et fragile. Et puis elle possédait un secret.

— Quel genre de secret ?

— Je l'ignore, mais je suis persuadée qu'elle n'était pas libre.

— Pourriez-vous être plus précise, madame ?

— Non, inspecteur ; ce mot m'est venu à l'esprit sans aucune justification. Je ne vous livre rien d'autre qu'une impression, peut-être erronée.

Higgins feuilleta son carnet.

— Keer Gardens... Ce nom vous est-il familier ?

— Non, inspecteur.

— Et Ambrosius Braid ?

— Ce monsieur ne fait pas partie de mes relations. Est-ce important ?

— Sans doute pas, madame.

— Quel est le but de vos questions ?

— Cerner la personnalité de la victime, découvrir le mobile du meurtre.

— Quand a-t-il été commis ?

— Lundi dernier entre 15 h et 16 h.

— Comme c'est étrange !

— Pourquoi, madame ?

— Parce que, ce jour-là, et à cette heure-là, j'ai observé un vol de corbeaux qui tournoyait au-dessus de cette maison. J'avais la sensation qu'ils voulaient s'y attaquer, et j'avais la gorge serrée. C'était tout à fait stupide, je l'admets, mais j'avais la sensation qu'ils formaient une escadrille et ne me laisseraient aucune chance de m'échapper s'ils parvenaient à briser les fenêtres et à pénétrer chez moi.

— Et cette observation a duré une heure entière ?

— Davantage... J'ai regardé ma montre lorsque cette invasion a débuté ; elle marquait 14 h 50. Quand le ciel a retrouvé son calme, il était 16 h 10.

— Étiez-vous seule pendant cette pénible période ?

— Hélas, oui ! Le chauffeur avait emmené mon mari à son bureau, et ma femme de chambre était sortie faire quelques courses. Sinon, j'aurais appelé l'un ou l'autre, car j'ai vraiment eu peur. Ces corbeaux étaient si nombreux, si agressifs... D'autres que moi, je vous l'assure, eussent été effrayés. À la suite de cet événement, j'ai fait plusieurs cauchemars, ce qui ne m'était jamais arrivé !

— En avez-vous parlé à votre mari ?

— Non, il ne m'aurait pas écoutée. Patrick est un homme raisonnable qui a horreur de ce genre d'histoire plus ou moins fantastique. Moi aussi, d'ailleurs ; et je déteste les gens qui me racontent leurs rêves.

— Savitri Jong ne vous a-t-elle pas raconté les siens ?

— Certes pas !

— Elle gardait ces révélations pour quelqu'un d'autre.

— De qui parlez-vous ?

— De Jakob Thonberg.

— Le psychanalyste ?

— Lui-même.

— Ce misérable... L'assassin, c'est lui !

CHAPITRE XVIII

Scott Marlow sursauta.

L'accusation formulée par l'épouse de sir Patrick allait-elle mettre fin à l'enquête ? Le psychanalyste, à dire vrai, ferait un excellent coupable. Ne refusait-il pas de dire ce qu'il savait sur la victime, tout simplement parce qu'il était le meurtrier ?

— Quelle est la cause de votre animosité à l'égard du docteur Thonberg ? demanda le superintendant à Dorothy Burgozly.

— Ce « docteur » est plus fou que les fous qu'il soigne, et il est entré dans une folie dont il ne sortira plus !

— N'est-ce pas une critique adressée à tous les psychanalystes ? s'enquit Higgins.

— Je ne connais pas tous les psychanalystes, inspecteur, mais je connais bien celui-là ! Non seulement il se trompe, mais encore il persévère ! Combien de femmes de la haute société a-t-il détruites par ses interminables analyses ? Elles viennent à lui avec un petit problème psychique, et elles en repartent avec un cancer de la conscience qui se termine par un suicide, un divorce ou une maladie grave. Thonberg s'en moque. Son compte en banque se gonfle, et il explique aux malheureuses que sa science ne consiste pas à supprimer les problèmes, mais à les déplacer ! Thonberg y réussit fort bien, en « transférant le blocage d'une sphère du psychisme dans une strate plus profonde », selon ses propres termes.

— Auriez-vous été sa patiente ?

— Certes non, inspecteur ! Mais j'ai eu l'occasion de l'affronter, pendant l'entracte d'une représentation de la *Tosca*, à Covent Garden. Il m'a saluée avec son ton sucré, espérant sans doute me séduire ; mais j'avais en mémoire les confidences de mes amies qu'il avait abusées, et je n'ai pas hésité à lui dire ce que je pensais de ses méthodes.

— La discussion fut-elle violente ?

— Très animée.

— A-t-on dû vous séparer ?

La comtesse hongroise sourit.

— De nombreux témoins ont constaté que nous en venions aux mains, et sir Patrick a dû nous séparer. Je suis une petite femme, ma force physique est très limitée, mais elle se décuple quand je suis en colère. Et ce charlatan avait déclenché une très grosse colère... À mon avis, mes coups de poing dans l'estomac lui ont fait mal. J'aurais tellement aimé lui fracasser le crâne !

— Le docteur Thonberg a-t-il porté plainte ?

— Il n'a pas osé.

— Depuis cette altercation, vous êtes-vous revus ?

— Non, mais il a continué à sévir.

— Saviez-vous que Savitri Jong était sa patiente ?

— Elle ne m'en avait pas parlé. C'était donc cela, le secret que je soupçonnais...

— L'aspect extérieur du secret, rectifia Higgins ; sa véritable teneur, c'est Jakob Thonberg qui la connaît. Du moins pouvons-nous le supposer avec quelque vraisemblance.

— Qu'attendez-vous pour l'arrêter ? Moi, je suis prête à porter plainte !

— C'est une charge insuffisante, madame, mais nous ferons le nécessaire.

— Dépêchez-vous, avant qu'il n'ait commis d'autres dégâts.

— Une idée me traverse l'esprit ; l'une de vos amies n'aurait-elle pas eu à souffrir des services de Jakob Thonberg ?

— Vous êtes très perspicace, inspecteur. L'une de mes amies, en effet, fut quelque temps la patiente de cet escroc. Mais vous me permettrez de rester discrète et de ne pas vous en apprendre davantage.

— Ne s'agirait-il pas de Beata Rosen ?

Le regard de Dorothy Burgozly se durcit.

— Ah... Vous étiez au courant.

Higgins ne démentit pas.

— En ce cas, reprit l'épouse de sir Patrick, je n'ai aucune raison de me taire. Beata est une femme remarquable, pétrie de qualités, mais jalousée et enviée à cause de son immense fortune ; dans les soirées mondaines, l'un des sports favoris de ces dames consiste à l'accabler d'injures à mi-voix. Il est difficile, pour les membres les plus éminents de la *Gentry*, d'admettre qu'elle possède la plus belle collection de peintures anglaises du XVIIIe siècle.

— Ses trois veuvages font, si j'ose dire, le lit de tous les commérages.

— C'est un fait, inspecteur, mais pourquoi y prêter attention ? En réalité, Beata est une personne beaucoup plus fragile qu'il n'y paraît. Son apparence de femme forte n'est qu'un masque ; sous ses allures de diva toujours maîtresse de la situation, elle est influençable et angoissée. Peut-être se reproche-t-elle la mort de ses maris, ou bien de sa fortune trop facile, ou que sais-je encore ? Elle est tombée dans les filets de Jakob Thonberg qui était fort heureux de piéger une proie fortunée et facile. Ce mécréant est un démon !

— Pourquoi Beata Rosen a-t-elle interrompu son analyse ?

— Je l'ignore. À mon sens, elle fut lassée de verser des sommes énormes à ce voleur.

— Elle connaissait Savitri Jong, n'est-ce pas ?

— Elle ne m'en a pas parlé.

— En êtes-vous bien sûre, madame ?

— Mais oui, inspecteur. En douteriez-vous ?

— Parfois, la mémoire nous joue des tours.

— C'est pourquoi vous prenez tant de notes sur votre carnet noir ?

— En effet.

— À la réflexion, pourquoi Savitri et Beata ne se seraient-elles pas rencontrées ? L'une et l'autre sortaient beaucoup et fréquentaient la haute société. Mais se croiser lors d'un cocktail signifie-t-il se connaître ? Ce monde me semble parfois si superficiel... Et lorsque des truqueurs comme Thonberg interviennent, il devient franchement incompréhensible !

— Lord Carolus Gurlingham entre-t-il dans le cercle de vos relations ?

Comme piquée par un insecte, Dorothy Burgozly se leva, marcha à pas nerveux vers son bureau et s'y assit. Elle ressemblait à une maîtresse d'école courroucée.

— Qui vous a parlé de ce goujat ?

— Nous fûmes contraints de l'interroger pour les besoins de l'enquête.

— Serait-il... suspect ?

— Nos investigations ne font que commencer, madame.

— C'est une manière de ne pas répondre, inspecteur ! Quant à moi, je ne vous cacherai pas que ce lord est l'homme que je déteste le plus au monde.

— Plus encore que le psychanalyste Jakob Thonberg ?

L'épouse de sir Patrick Henlon hésita.

— Non... je voulais dire : le type d'homme. Lord Carolus est le prototype de l'aristocrate borné, infatué de sa personne, de ses honneurs, de ses titres, arrogant, sec de cœur, dur avec autrui, indifférent à ce qui n'est pas sa propre gloire et sa propre puissance.

— Vous êtes-vous affrontée avec lui, comme avec le docteur Thonberg ?

— On n'affronte pas lord Carolus Gurlingham, inspecteur, on s'écarte de son chemin. Lui dire ce que je pensais de son attitude eût été inutile ; il ne m'aurait même pas écoutée et m'aurait écrasée d'un regard condescendant.

— Une comtesse hongroise serait-elle incapable de résister à un lord britannique ?

— Est-ce un défi, monsieur Higgins ?

— Je vous crois capable d'affronter n'importe quel adversaire, madame.

— Vous me prêtez des qualités que je ne possède pas. Il me reste simplement une faculté d'indignation qui a disparu chez la plupart des gens.

— J'ai le sentiment que vous en savez davantage sur lord Carolus.

— Non, je vous ai tout dit. Si j'en savais davantage, je n'hésiterais pas à vous le confier; voir ce tyran tomber de son trône me ferait le plus grand plaisir.

Nerveuse, Dorothy Burgozly se leva de nouveau et s'adossa à l'un des panneaux de sa bibliothèque.

— L'art du cannage requiert une grande tranquillité d'esprit, messieurs; sans elle, la main devient moins sûre et l'erreur vous guette.

— Seriez-vous contrariée à ce point? s'enquit Higgins.

— Ce n'est sans doute pas apparent, mais la mort tragique de Savitri Jong m'a bouleversée. Je ne sais pas exprimer ce genre de sentiment, mais c'est bien lui qui m'habite.

— J'ai l'impression que Mélania Miler était aussi triste que vous.

La comtesse hongroise sursauta.

— La connaissez-vous?

— Le superintendant et moi avons eu l'occasion de la rencontrer.

— Une rencontre en rapport... avec la mort de la petite Savitri?

— L'avenir nous le dira. Est-elle l'une de vos amies?

— Une relation, tout au plus.

— Le hasard d'une rencontre mondaine?

— Exactement. Disons... plusieurs rencontres mondaines. Mélania Miler est une femme très active, qui aime présenter ses nouveaux produits de beauté à la meilleure société. Trois ou quatre fois, j'ai assisté à ses mises en scène, plutôt spectaculaires. Elle est fascinante, je l'avoue... Étrange, sombre, séduisante, le prototype même de la femme qu'on dit fatale.

— Aurait-elle eu... beaucoup d'aventures?

— Je l'ignore. C'est son droit, après tout... Quand on est aussi envoûtante, ne peut-on pas s'autoriser ce qui est interdit à autrui ?

Scott Marlow désapprouvait ce genre de théorie ; à plus ou moins long terme, elle conduisait à la décadence des mœurs et à la déliquescence sociale.

— Mélania Miler est superbe, poursuivit l'épouse de sir Patrick, mais elle me fait peur.

— Pour quelle raison, madame ?

— Aucune raison, inspecteur. Une sorte de crainte animale, irraisonnée, comme si elle était l'incarnation d'un danger... Un danger dont je n'ai pas cerné la nature.

— Vous a-t-elle menacée ?

— Non, pas du tout ! Et pourquoi l'aurait-elle fait ?

La porte du bureau s'ouvrit en grinçant ; dans l'entrebâillement apparut la tête de sir Patrick Henlon.

— Si vous avez fini, mon oiseau des îles, je peux te voir ?

— Est-ce si urgent ?

— Le dîner de ce soir... L'ordre des convives... Si je décide moi-même, tu risques d'être fâchée.

La comtesse hongroise poussa un soupir.

— C'est effectivement un cas de force majeure. Avez-vous encore besoin de moi, messieurs ?

— Nous vous libérons, madame.

[illegible]

[illegible] tout [illegible]

[illegible] [illegible] [illegible] [illegible]

la seule matière [illegible] Traduit [illegible]

A [illegible] [illegible] [illegible]
analyse cette [illegible] [illegible] concept [illegible]
sous Marx [illegible] [illegible] développement [illegible]
l'origine du mot [illegible] [illegible] [illegible]
d'une [illegible] [illegible] formule [illegible]
[illegible] aux [illegible] apporter [illegible]
pratiqué, une conscience [illegible] A la [illegible]
[illegible] en [illegible] [illegible] [illegible], [illegible]
devenu, avec [illegible] [illegible] formule [illegible]
[illegible], [illegible] avait [illegible] [illegible] et de [illegible]
à [illegible] [illegible] [illegible] les [illegible] [illegible]
[illegible]

[illegible] [illegible]

— Francis [illegible] [illegible] plus [illegible]
présentés.

CHAPITRE XIX

Après un bref passage chez Fortnum and Mason, épicerie de luxe où les gourmets trouvaient les produits aptes à satisfaire leurs exigences, Higgins pria le superintendant de se rendre au 3, St James Street.

— Faire des courses est souvent un excellent moyen pour mettre ses idées en place, estima l'ex-inspecteur-chef. Et j'étais dans l'obligation d'acheter la seule marmelade que supporte Trafalgar.

À chaque fois qu'il goûtait à cette confiture anglaise entre toutes, Higgins songeait à la malheureuse Marie Stuart qui, bien involontairement, était à l'origine du mot « marmelade ». Prisonnière, souffrante, enfermée dans un château humide, elle demandait souvent aux servantes de lui apporter son aliment préféré, une compote de fruits. À la cuisine, on commentait en disant « Marie malade », ce qui était devenu, avec l'accent anglais « marmelade ». Trafalgar, lui, n'avait pas le sentiment de déguster de la « Marie malade » et croquait les toasts nappés de marmelade avec un bel entrain.

— Ce couple est une catastrophe, déclara Marlow.

— J'admets qu'ils dissimulent plutôt mal leur mésentente.

— Sir Patrick a pourtant parlé d'« entente profonde » !

— Ce n'est pas forcément contradictoire, jugea Higgins.

— Je ne vous suis pas.

— Dans un mariage de raison comme celui-là, les deux partenaires passent une sorte d'accord tacite. La comtesse Dorothy Burgozly avait besoin d'argent et de sécurité, sir Patrick Henlon est fier de sortir une aristocrate quelque peu exotique. Sur ce point, l'accord est parfait !

— Sur ce point seulement, dirait-on !

— Je partage votre avis, mon cher Marlow, c'est pourquoi Dorothy Burgozly et sir Patrick mènent une double vie.

— Croyez-vous qu'elle soit liée au meurtre ?

— En ce qui concerne la comtesse, elle se limite peut-être à l'art du cannage ; quant à sir Patrick, il me semble éprouver d'autres pulsions.

Scott Marlow s'assombrit.

— Voulez-vous dire... qu'il serait infidèle ?

— Le contraire me surprendrait.

— Prendrait-il un tel risque, face au dragon qu'il a épousé ?

— Et s'il ne s'agissait pas d'un risque ?

Marlow évita de justesse un autobus qui déboîtait sans clignoter.

— Vous ne voulez quand même pas dire...

— Supposons que la fidélité ne fasse pas partie de leur contrat. En ce cas, les aventures de sir Patrick, à condition de rester discrètes, ne seraient pas condamnables.

— Mais enfin, Higgins ! La morale...

— Vous n'ignorez pas, mon cher Marlow, que la

morale de la *Gentry* consiste essentiellement à ne pas se faire prendre, à ne pas choquer et à garder une dignité certaine en toutes circonstances, fussent-elles les plus compromettantes.

— Estimez-vous nécessaire de rechercher la... la maîtresse de sir Patrick ?

— Rechercher est un bien grand mot. Nous n'allons pas troubler la paix conjugale que la comtesse et lui ont établie.

Le superintendant poussa un soupir de soulagement.

— Vous ne comptez pas poursuivre dans cette direction, Higgins ?

— D'autres s'en chargeront pour moi.

— Quels autres ?

— Croyez-vous au hasard, mon cher Marlow ?

— Eh bien... plus ou moins...

— Les théologiens du Moyen Âge écrivaient que les hommes appellent « hasard » les intentions divines qu'ils ne parviennent pas à déchiffrer. Je ne crois pas que Dieu soit partie prenante dans l'assassinat de Savitri Jong, mais il est probable que le hasard n'y joue pas davantage de rôle.

— Pourtant, les pistes que nous suivons semblent bien hasardeuses.

— De prime abord, elles semblaient même sans grand intérêt ; pourtant, presque toutes les personnes que nous avons contactées connaissaient Savitri Jong.

— Sauf deux, rappela Marlow : lord Carolus Gurlingham et Ambrosius Braid.

— Votre mémoire est excellente, superintendant ; mais leurs affirmations ne suffisent pas à les innocenter.

— Au contraire ! S'ils ont menti, ils deviennent

même nos principaux suspects. Lord Carolus..., je n'ose y penser.

— Il le faut pourtant, puisque nous possédons un témoignage contradictoire.

— Ce qui signifie...

— Qu'il faudra mettre sa parole en doute.

— Un chemin très périlleux, Higgins!

— Je sais que vous ne reculerez pas, superintendant. L'honneur du Yard ne passe-t-il pas avant celui d'un lord?

Scott Marlow accéléra.

— Je préférerais que le gardien de Keer Gardens fût coupable.

— Souhaitons qu'il nous réserve quelques surprises.

La vieille Bentley, un peu essoufflée, s'arrêta devant le 3, St James Street, dont l'austère vitrine portait une inscription réjouissante :

Berry Bro^{s} & Rudd Ltd, Wine Merchants, established in the XVII Century[1]

— Voulez-vous m'attendre quelques instants, mon cher Marlow?

Higgins ne fut absent qu'une dizaine de minutes, laps de temps suffisant pour qu'un jeune policier sanglé dans un uniforme neuf et impeccable importunât Scott Marlow et lui demandât de déguerpir sur-le-champ. Arguant de sa qualité, le superintendant tança vertement l'impudent qui exigea de voir les papiers de l'interpellé, papiers que le susdit avait oubliés chez lui.

L'intervention de Higgins, dont le bobby connais-

1. Frères Berry et Rudd, marchands de vin depuis le XVIIe siècle.

sait la réputation, mit fin à l'incident et évita la rédaction d'un procès-verbal pour stationnement illicite et injure à la police de Sa Majesté.

Furibond, Marlow décolla du trottoir en faisant crisser les pneus.

— Cette jeunesse n'a aucun sens des valeurs, marmonna-t-il.

— Merci de votre patience, superintendant. Il me manquait quelques bouteilles de bordeaux de grande qualité ; une cave se dégarnit beaucoup plus vite qu'il n'y paraît. Bien entendu, j'ai fait livrer quelques spécimens intéressants à votre bureau.

— Je ne sais...

— Je vous invite à déjeuner au Café Royal ; quelqu'un nous y attend. Grâce à lui, nous progresserons peut-être dans notre enquête.

★

Contrairement à ce qu'indiquait son nom, le Café Royal était un restaurant dont la salle, surchargée de tentures en velours et de dorures baroques, datait de 1860. Marlow jeta un œil désapprobateur aux cariatides, à l'opulente poitrine dénudée, soutenant un plafond rococo. Les deux policiers s'assirent sur des chaises rouges à dossier ovale, face à un petit homme au teint mat, portant un costume beige et une chemise au col glacé. Installé sur une banquette, il tripotait ses couverts et les bouquets de fleurs des champs ornant la nappe blanche.

— Je suis très impressionné de rencontrer des membres éminents de Scotland Yard et de vous revoir, inspecteur Higgins.

— Permettez-moi de vous présenter le superintendant Marlow ; superintendant, voici monsieur Ananda Tookarooswamy, un éminent diplomate indien originaire de Bombay. Un peu de Dom-Pérignon vous plairait-il ?

— Je me fie à votre jugement, déclara l'Indien.

— Je vous propose un menu classique : rôti de bœuf de Sandrigham, légumes frais, fromages de France et île flottante.

Le menu fit oublier à Marlow le caractère quelque peu immoral du décor ; à lui seul, le Dom-Pérignon mettait du soleil dans l'âme.

— Soyez remercié pour avoir répondu à mon invitation, en dépit de vos nombreuses occupations, monsieur Tookarooswamy.

— Vous rendre service est un honneur pour moi.

Higgins et son hôte échangèrent une dizaine de formules de politesse plus ou moins alambiquées, indispensables avant d'évoquer le thème central de l'entretien. Le superintendant prit patience grâce au champagne.

— Savitri Jong appartenait à la bonne société de Bombay, déclara Ananda Tookarooswamy. Sa famille était riche et estimée ; elle avait hérité de trois grandes villas, de vastes terres fertiles et d'un élevage de chevaux. Elle semblait promise à un avenir heureux et tout tracé.

— Avait-elle des ennemis déclarés ?

— Pas à ma connaissance, inspecteur ; en Inde, nous sommes respectueux de la richesse d'autrui, à condition que les favorisés se montrent généreux. C'était le cas de Savitri Jong, elle venait en aide à de nombreuses œuvres humanitaires et s'attirait la sympathie de toutes les castes.

— Venait-elle souvent en Angleterre ?

— Elle y séjournait au moins huit mois chaque année.

— Pourquoi une aussi longue période, s'étonna Scott Marlow ?

— Mais... pour raisons familiales, superintendant.

— Elle avait donc de la famille ici ?

— Son mari.

— Son mari ! Mais comment s'appelle-t-il ?

— Hughes Chessman, je crois.

— L'avez-vous rencontré, monsieur Tookarooswamy ? demanda Higgins.

— Non, inspecteur.

— C'est étrange... Elle sortait beaucoup, mais jamais avec lui, semble-t-il.

— Sans doute n'appréciait-il pas les mondanités.

— Connaissez-vous son adresse ? interrogea Marlow, intrigué.

— Non, superintendant.

— Savitri Jong vous a-t-elle parlé de lui ?

— À la réflexion, non... C'est étrange, vous avez raison, mais je n'y prêtais guère attention. Il est bien délicat d'interroger les gens sur leur vie privée.

— Quel était le caractère de Savitri Jong ? questionna Higgins.

— Une femme moderne, heureuse de vivre, intelligente, aimant les contacts, mais inquiète et même angoissée, comme si elle subissait une trop lourde épreuve.

[illegible]

— [illegible] [illegible] [illegible]
[illegible]

[illegible]

— [illegible] il [illegible] comme [illegible]

[illegible] porter beaucoup [illegible]

[illegible] Simla [illegible]
[illegible] en Inde [illegible]

Les premiers [illegible] Delhi [illegible]
l'attention [illegible] Delhi pendant [illegible]
jours, mais avec [illegible] au voyage [illegible]
[illegible] donner [illegible]
[illegible] baromètre [illegible]
avait [illegible] pour prendre [illegible]
n'avait pas fini [illegible] et se [illegible]
[illegible] Kesiat [illegible]

[illegible]

Marlowe et [illegible] visit [illegible]

CHAPITRE XX

La lourde machinerie de Scotland Yard se mit aussitôt en route, actionnée par le superintendant de première classe Scott Marlow. En quelques heures, les ordinateurs, les fichiers et les fins limiers du Yard se mobilisèrent pour retrouver trace de Hughes Chessman, mari de Savitri Jong. Appels téléphoniques et visites à domicile permirent d'éliminer plusieurs centaines de candidats et de restreindre les soupçons à trois mâles d'une cinquantaine d'années qui avaient vécu plus ou moins longtemps en Inde.

Le premier, employé au chemin de fer, avait eu l'intention de partir à New Delhi pendant quinze jours, mais avait dû annuler un voyage en raison d'une grippe ; ses dires furent dûment vérifiés. Le second était un importateur de bâtonnets d'encens qui avait eu maille avec la police pour proxénétisme ; il n'avait pas fréquenté Savitri Jong, et ses dénégations n'étaient pas difficiles à croire. Restait le troisième Hughes Chessman, le seul suspect émergeant de la liste de Scotland Yard. Ingénieur en électronique, il avait vécu plusieurs années à Bombay et avait eu des démêlés avec le fisc pour fraude fiscale.

Marlow et Higgins lui rendirent visite chez lui, à

19 h. Vêtu d'une robe de chambre en laine, les pieds chaussés de pantoufles, les cheveux encore humides, il sortait visiblement de sa salle de bains lorsqu'il ouvrit sa porte.

— Messieurs ?

— Scotland Yard.

— Brigade financière ?

— Inspecteur Higgins et superintendant Marlow.

— À quelle section appartenez-vous ?

— Criminelle.

— Vous blaguez ?

— Pas exactement, répondit Marlow. Nous laissez-vous entrer ou devons-nous vous convoquer au Yard ?

— Moi ! Mais pourquoi ?

— J'attends votre réponse, monsieur Chessman.

— Entrez, entrez !

L'appartement de quatre pièces était confortable et banal.

— Asseyez-vous, messieurs.

Hughes Chessman se servit un whisky bien tassé, sans en offrir aux policiers.

— Êtes-vous bien Hughes Chessman ? demanda Marlow.

Héberlué, l'ingénieur se retourna vers le superintendant.

— Oui, c'est bien moi... Vous voulez voir mes papiers ?

— Si vous en avez, montrez-les.

L'ingénieur exhiba son passeport.

— Êtes-vous marié, monsieur Chessman ?

— Marié, moi ?

— Ma question semblait claire.

— Non, je ne suis pas marié. Pas du tout.

Hughes Chessman éclata de rire et se resservit un double whisky.

— Vous buvez beaucoup, remarqua Higgins.

— C'est l'un de mes vices, inspecteur; vous n'allez quand même pas m'arrêter pour ça?

— Vous devriez dire la vérité, déclara Scott Marlow, massif.

— Bon d'accord... Il m'arrive de boire une bouteille dans la nuit et d'avoir une terrible gueule de bois le lendemain matin. Mais ça ne m'empêche pas de faire correctement mon travail, et mes supérieurs n'ont jamais rien eu à me reprocher. Le climat anglais me réussit moins que la chaleur humide de l'Inde, et je bois pour oublier le brouillard.

— Vous avouez avoir séjourné longtemps en Inde?

— Avouer, pourquoi avouer? J'y ai passé du bon temps, et les meilleures années de ma vie! Si je pouvais y retourner, je n'hésiterais pas un instant.

— C'est là-bas que vous avez rencontré Savitri Jong, affirma Marlow.

— Qui?

— Savitri Jong, la femme que vous avez épousée.

— La femme... que j'ai épousée... Scotland Yard serait-il devenu le dernier repaire de plaisantins?

— Prenez garde à vos propos, monsieur Chessman!

— Écoutez, superintendant, ça ne tient pas debout!

— Pourquoi dissimulez-vous que vous êtes le mari de Savitri Jong et pourquoi ne vous montriez-vous jamais avec elle en public?

— Mais je ne connais pas cette Savitri Jong!

— Cessez de mentir, Chessman. Il y a eu meurtre

— Meurtre... Mais de qui ?
— De votre épouse.
— Je vous répète que je n'ai jamais été marié !
— Nier est tout à fait inutile.
— Je ne peux pas être marié, superintendant.
— Vous ne pouvez pas... Et pour quelle raison ?
— Celle qui m'a obligé à quitter l'Inde. Vous comprenez ?
— Eh bien...
— Bon, je n'aime pas les femmes. Pas du tout. Ça m'a causé quelques graves ennuis, en Inde, et ça m'empêchera toujours de me marier.

★

Le superintendant était effondré.

Pour le réconforter, Higgins l'emmena dans l'une des plus anciennes tavernes de Londres, *Ye Olde Cheshire Cheese*, dans Fleet Street. Depuis sa construction, en 1677, le décor n'avait guère changé ; petite cheminée, tables en chêne et murs noircis par des générations de fumeurs de pipe excluaient la modernité. Deux chopes de bière brune redonnèrent à Scott Marlow un sang nouveau.

— J'ai fait vérifier les dires de ce Chessman... Il n'a pas menti. Autrement dit, il ne nous reste aucun suspect. La liste est épuisée.

— Qu'en concluez-vous, mon cher Marlow ?

— Que Savitri Jong s'est inventé un époux et qu'elle a donné n'importe quel nom à votre ami indien pour lui faire croire qu'elle était mariée.

Higgins prit note sur son carnet noir.

— Admettons, superintendant, mais quelle était sa motivation ?

— Peut-être un besoin de conformisme... Être mariée la rendait plus respectable.

— Sa fortune lui ouvrait les portes des maisons les plus huppées.

— Une énigme de plus !

— Elle s'intègre dans un ensemble.

— Drôle de femme, cette Savitri Jong... Pourquoi cette mise en scène ?

— Répondre à cette question est encore impossible.

— Et s'il ne s'agissait que d'une innocente plaisanterie ? Elle lui permettait d'écarter tous les soupirants indésirables, sans s'encombrer d'un véritable mari.

— Intéressant.

— Tout cela ne nous mène à rien, Higgins.

— Ne désespérons pas, superintendant.

— N'avons-nous pas exploré toutes les pistes ?

— Certainement pas.

— Passons au Yard ; je veux un nouveau rapport sur les activités d'Ambrosius Braid, le gardien d'immeuble.

★

Scott Marlow arpentait un bureau moderne, incapable de tenir en place. Il décrocha une nouvelle fois son téléphone.

— Alors, toujours rien ? Mais c'est insensé ! Oui, prévenez-moi immédiatement.

Excédé, le superintendant raccrocha.

— Insensé, répéta-t-il ; à croire que plus personne ne se soucie de son travail, dans cette maison !

— Un peu de patience, conseilla Higgins.

— Patience, patience... Nous savons qu'Ambrosius Braid n'est pas rentré chez lui, qu'une filature a été entreprise, et nous ignorons encore ses résultats !

— N'est-ce pas bon signe, mon cher Marlow ?

— Pourquoi cet optimisme ?

— Parce qu'il s'est probablement beaucoup éloigné de son domicile et que cette escapade risque d'être fort instructive.

— Je l'espère, mais la radio de la voiture suiveuse est tout de même tombée en panne ! Je ne peux quand même pas vérifier le matériel de mes hommes chaque matin. Résultat : au lieu d'être tenus au courant minute par minute, nous devons attendre le rapport final sans pouvoir prendre la moindre initiative. Ah, autre chose... J'ai une idée à propos de ce mari introuvable.

— Je vous écoute, superintendant.

— Savitri Jong a donné un faux nom et a refusé de s'afficher avec son époux parce qu'elle en avait honte.

— Quelles seraient les causes de ce sentiment pénible ?

— Soit la difformité physique, soit le fait qu'il n'appartienne pas à sa classe sociale, soit parce qu'il a commis un délit... Bref, elle ne pouvait ni le montrer ni en parler.

— Et pourquoi n'a-t-elle pas divorcé ?

— Parce qu'elle avait peur de lui.

Higgins écrivit quelques mots sur la page de son carnet consacré à l'énigmatique « Hughes Chessman ».

Le téléphone sonna, Marlow se rua sur le combiné.

— Oui, c'est moi... Alors ? Oui... Non ? Pas possible... Il est rentré chez lui... Bon, surveillez la maison, nous arrivons.

Marlow était triomphant.

— Notre gardien d'immeuble a fait un détour intéressant avant de regagner son domicile. Savez où il est allé, Higgins ? Chez sir Patrick Henlon.

CHAPITRE XXI

Un vieux carrelage crème, des meubles en imitation chêne, un dressoir de pin à cinq étages pour les assiettes et les verres, un sèche-linge au milieu de la pièce, des vêtements éparpillés sur les fauteuils recouverts d'un tissu à fleurs, tel était l'univers d'Ambrosius Braid.

Le gardien de l'immeuble de Keer Gardens parut stupéfait en découvrant Marlow et Higgins sur le pas de sa porte.

— Scotland Yard... Mais pourquoi...

— Pouvons-nous entrer ?

— Entrer... bien sûr... Excusez le désordre, je ne m'attendais pas.

Ambrosius Braid agrippa un pantalon, une chemise, une paire de chaussettes, un caleçon, et les enfourna dans une petite armoire.

— Je n'ai pas tellement l'habitude de recevoir, alors...

Higgins examina la bibliothèque en merisier, l'unique meuble digne d'attention. Tous les ouvrages étaient consacrés à l'histoire de la famille royale d'Angleterre.

Le teint couperosé, le ventre proéminent, le cheveu gras, Ambrosius Braid était très nerveux.

— Qu'est-ce qui se passe, messieurs ?

— Vous roulez bien à mobylette ? interrogea Marlow.

— C'est pratique pour se faufiler dans la circulation.

— Où êtes-vous allé, ce soir, en sortant de Keer Gardens ?

— Je... Faire des courses.

— Quelles courses ?

— Des courses... normales.

— Qu'avez-vous acheté ?

— Finalement, rien. Je n'étais pas décidé.

— Et moi, monsieur Braid, je suis décidé à vous mettre au trou si vous persistez à mentir comme un arracheur de dents !

La colère du superintendant tétanisa le gardien d'immeuble. Blême, il s'affala dans un fauteuil, s'asseyant sur une paire de chaussures non cirées.

— Je répète ma question, Braid : où êtes-vous allé après votre travail ?

— Je... je ne peux pas vous le dire. J'ai rendu un service... Ce n'est pas interdit ?

— Nous enquêtons sur un crime, et j'ai l'impression que vous n'y êtes pas étranger.

— Je suis innocent !

— Où êtes-vous allé, ce soir, en sortant de Keer Gardens ?

— J'ai promis de me taire.

— Votre attitude est déraisonnable, intervint Higgins ; étant donné la gravité des faits, nous avons mis tous les suspects, dont vous-même, sous surveillance permanente.

— Ça veut dire... qu'on m'a suivi ?

Higgins approuva d'un hochement de tête.

— Dites-nous la vérité, recommanda Marlow ; votre sincérité plaidera en votre faveur.

— C'est difficile...

— Si vous vous taisez, votre silence implique une complicité d'assassinat, sinon davantage.

— Mais ça n'a rien à voir ! protesta Ambrosius Braid. J'ai rendu service, c'est tout.

— À qui ?

— Puisque vous m'avez suivi, vous le savez.

Marlow sortit une paire de menottes de la poche de son imperméable.

— Nous poursuivrons cet interrogatoire dans les locaux du Yard.

— Attendez !

— Êtes-vous enfin disposé à parler ?

— Oui, à condition que vous me laissiez libre. Je ne veux pas perdre mon emploi.

— Pas de conditions, Braid. Ou vous parlez, ou je vous embarque.

— Bon, bon... je suis allé... chez les Henlon.

— Pour voir sir Patrick ?

— Euh... non. Pour voir sa femme.

— Étrange, remarqua Higgins ; la comtesse Dorothy Burgozly a déclaré ne pas vous connaître.

— Par discrétion, sans doute.

— Pourquoi devrait-elle se montrer discrète à votre égard ?

— C'est son affaire.

— Qui ment, monsieur Braid ? Elle ou vous ?

— Moi, je lui ai livré de la paille, comme elle me l'avait demandé.

— De la paille... Et pour quel usage ?

— Je n'en sais rien, inspecteur... Ce n'est pas mon affaire.

— Vous prétendez connaître la comtesse Burgozly et vous ignorez qu'elle est une spécialiste du cannage à l'ancienne.

— On ne peut pas tout savoir.

— Connaissez-vous sir Patrick Henlon ?

— Ah non... ou peut-être de vue, à cause des journaux.

— N'est-il pas venu dans l'immeuble de Keer Gardens ?

— Non, je m'en souviendrais.

— Curieux, car votre nom ne lui est pas inconnu.

— Il doit se tromper.

— Supposons qu'il désire simplement se ménager une piste de sortie, au cas où l'enquête criminelle devienne trop pressante. Alors la mémoire lui reviendrait, notamment pour lui fournir un alibi à l'heure du crime.

— Ça me dépasse, inspecteur !

— Vous continuez à mentir, monsieur Braid, et c'est fort ennuyeux.

— Qu'est-ce que vous voulez que je dise !

— Pourquoi vous avez rendu visite à sir Patrick et non à son épouse.

Le gardien d'immeuble se tassa au fond de son fauteuil.

— Vous vous trompez.

— Vous servez d'intermédiaire entre sir Patrick et une autre personne qui vous remet des messages à son intention, lorsqu'elle passe dans l'immeuble de Keer Gardens.

— Mais non, inspecteur !

— Superintendant, voulez-vous bien montrer les photographies des suspects à monsieur Braid ?

Scott Marlow les posa devant le gardien d'immeuble.

— Regardez attentivement, recommanda Higgins.

Le gardien se concentra.

— Non, je ne reconnais personne.

— Le visage de la comtesse Burgozly vous serait-il inconnu ?

— Ah non, évidemment !

Ambrosius Braid posa le doigt sur la bonne photographie.

— C'est celle-là.

— Et sir Patrick ?

— Alors là...

— Vous l'avez forcément croisé.

— Ce visage-là me dit quelque chose.

— C'est bien lui, monsieur Braid. Que pensez-vous de cet autre homme ?

Higgins désigna lord Carolus Gurlingham.

— Jamais vu. Il a l'air impressionnant. L'autre type là, il me semble bizarre...

Le gardien avait pris la photographie du psychanalyste Jakob Thonberg.

— Ça, c'est une vraie tête d'assassin... Froid, calculateur, inhumain.

— Est-il entré dans l'immeuble ?

— Non, je m'en souviendrais. Un faciès si cruel, on ne l'oublie pas.

— Vous ne semblez guère vous intéresser aux femmes.

— Détrompez-vous, inspecteur ! Celle-là est superbe... Qu'est-ce qu'elle est belle, par saint George ! Honnêtement, on craquerait à moins.

Ambrosius Braid parlait de Mélania Miler, qu'il contemplait avec ravissement.

— Ne tombez pas en extase et dites-nous plutôt si vous l'avez vue à Keer Gardens.

— Hélas non! Un chef-d'œuvre de la nature comme celui-là, on ne l'oublie pas non plus. Bon, on a fait le tour, inspecteur? Je prends mon service très tôt, et j'aimerais aller me coucher.

Higgins mit au premier plan la photographie de Beata Rosen qu'Ambrosius Braid avait glissé sous la pile.

— Vous avez oublié cette personne.

Comme si le cliché lui brûlait les doigts, Ambrosius Braid le laissa tomber sur le carrelage crème à l'usure prononcée.

— Je n'aime pas ce genre de femme... On jurerait Marlène Dietrich. Sauvage, fière et autoritaire... Ça vous casse un homme en deux avant qu'il n'ait eu le temps de réagir.

— On jurerait qu'elle vous fait peur, remarqua Higgins.

— Non, bien sûr que non...

— Vous n'oserez pas prétendre que vous ne connaissez pas cette femme.

— J'aimerais bien, mais vous ne me croiriez pas...

— En effet, monsieur Braid.

— Bon d'accord, je l'ai un peu connue, mais très peu.

— Dans quelles circonstances?

— J'ai été son chauffeur, pendant un mois. L'essai ne fut pas concluant. Elle n'arrêtait pas de m'asticoter et de me reprocher mille et une choses. J'en ai eu assez, je lui ai dit ma manière de penser et j'ai repris ma liberté. Une drôle de femme, inspecteur, vraiment drôle... Vous me diriez qu'elle a fait des horreurs, je n'en serais pas étonné.

Scott Marlow espérait que Higgins allait enfoncer le clou dans la chair amollie du gardien d'immeuble, mais l'ex-inspecteur-chef rompit le combat.

— Êtes-vous bien sûr d'avoir tout dit, monsieur Braid ?

— Le témoignage humain est fragile, inspecteur, mais j'ai fait mon possible.

CHAPITRE XXII

Scott Marlow avait passé une nuit blanche, à la fois pour remplir un certain nombre de dossiers en attente et pour réfléchir sur le cas d'Ambrosius Braid, dont les mensonges évidents et répétés traduisaient une culpabilité certaine. Mais était-il l'assassin ou son complice ? Bien des zones d'ombre demeuraient, et c'était sans doute la raison pour laquelle Higgins avait préféré laisser le suspect dans l'expectative.

Bien entendu, Marlow avait maintenu un dispositif de surveillance. Braid perdrait peut-être son sang-froid s'il était contraint de contacter son complice.

La mine fripée, le superintendant passa chercher Higgins à son hôtel. Un surprenant soleil baignait les rues de Londres.

— Bonjour, mon cher Marlow; la nuit vous a-t-elle porté conseil ?

— J'approuve votre stratégie. Mieux vaut ne pas arrêter immédiatement ce Braid ; il a déjà commis une faute, il en commettra d'autres.

— Retournons chez le psychanalyste.

— Qu'espérez-vous ? Il finira par nous claquer la porte au nez !

— Ce serait un manque de psychologie.

Hampstead était toujours aussi serein et charmant. La vieille Bentley, heureuse de quitter les artères polluées du centre de la capitale, appréciait les espaces verts et se glissa en souplesse jusqu'à la demeure de Jakob Thonberg, abritée sous le feuillage des hêtres et des bouleaux.

Les deux policiers abandonnèrent la voiture, empruntèrent l'allée bordée de troènes, et sonnèrent à la porte surmontée d'un fronton triangulaire reposant sur deux colonnes blanches.

Ce fut le psychanalyste lui-même qui ouvrit.

— Ah, messieurs ! Je m'apprêtais à sortir.

— Pouvez-vous nous accorder quelques instants ? demanda Higgins.

— On ne peut rien refuser à Scotland Yard.

L'apparence physique de Jakob Thonberg rebuta le superintendant. Collier de barbe très noire, sourcils épais, yeux inquisiteurs, nez busqué et chapeau melon lui donnaient une allure inquiétante.

— Allons dans mon bureau, voulez-vous ?

C'était précisément ce qu'espérait Higgins. Il désirait revoir cet endroit insolite que baignait, d'une manière discrète, *l'Ode funèbre pour la reine Marie* de Purcell.

Higgins revit la réplique miniature de la statue de Moïse, le divan recouvert d'un tapis, la chaise Regency à la tête du divan, et nota la présence, sur une étagère, d'une statuette représentant le pharaon hérétique Akhénaton, que d'aucuns considéraient comme le fondateur du monothéisme. La lumière de ce matin ensoleillé illuminait la petite pièce de calcaire que l'ex-inspecteur-chef n'avait pas remarquée lors de sa première visite.

— Appréciez-vous l'art égyptien, inspecteur ?

— Il faudrait avoir le cœur bien sec pour ne pas s'émerveiller devant ses nombreux chefs-d'œuvre.

— Akhénaton me fascine, avoua le psychanalyste ; comme il a voué un culte au soleil, il est normal que sa statuette ne soit éclairée qu'au levant et pendant les premières heures de la matinée. L'œuvre doit être en correspondance avec sa symbolique, inspecteur, afin que l'appareil psychique du spectateur soit totalement associé à l'objectivation temporelle et au caractère subliminal de l'image subjective. Qu'a fait cet Akhénaton, en fin de compte, sinon se livrer à un exhibitionnisme pervers, à base d'une auto-analyse procédant d'une avancée dans le rêve ?

La migraine naissante de Marlow se renforça. Quant à Higgins, il dessina la statuette sur son carnet noir, écrivit « Akhénaton » et plaça un point d'interrogation en regard du nom du pharaon.

— Avez-vous progressé dans votre enquête, inspecteur ?

— La découverte de la vérité exige beaucoup de soin, monsieur Thonberg.

— Autrement dit, vous nagez dans les ténèbres et vous n'avez pas identifié l'assassin !

— Refusez-vous toujours de nous dire ce que vous savez sur Savitri Jong ? s'enquit Marlow.

— Bien entendu, superintendant.

— Êtes-vous bien conscient que vous vous opposez à la recherche de la vérité ?

— Ah, que de mots complexes ! s'exclama Jakob Thonberg ; « conscient », « recherche » et « vérité », quelle accumulation de concepts qui vous conduisent à un mécanisme de refoulement lors duquel la question fondamentale, claire ou obscure, déclenchera un conflit, voire une douleur morale. Et là, j'interviens !

Savez-vous ce qu'écrivait le psychopathe français Maupassant : « Nous sommes tous des hystériques depuis que Charcot, cet éleveur d'hystériques en chambre, entretient à grands frais, dans son établissement modèle de la Salpêtrière, un peuple de femmes nerveuses auxquelles il inocule la folie et dont il fait en peu de temps des démoniaques. » Quelle lucidité, messieurs !

— Ces phrases ne sont pas à la gloire de la psychanalyse, estima Higgins.

— Au contraire, inspecteur, au contraire ! Charcot nous a mis sur la piste de la folie et de l'hystérie, Sigmund Freud nous a ouvert les portes de la véritable conscience humaine, dans ses formes démoniaques comme dans les autres. Quel merveilleux univers ! Et lorsque le Gallois Ernest Jones a fondé la Société psychanalytique de Londres en 1913, le progrès prenait son véritable essor.

Jakob Thonberg alluma un cigare et s'assit au bord de son bureau.

— Quand Freud a débarqué aux États-Unis, avança Higgins, n'a-t-il pas déclaré qu'il apportait la peste ?

— Légendes et racontars, inspecteur ! Que serions-nous aujourd'hui, sans la psychanalyse ? Elle nous a donné la clé de l'homme et de ses désirs.

— N'est-elle pas entrée dans une fausse serrure ?

La question de l'ex-inspecteur-chef troubla Jakob Thonberg.

— Seriez-vous un ennemi du progrès, monsieur Higgins ?

— Votre patiente, Beata Rosen, s'est montrée fort critique à votre égard.

— Un scientifique ne doit pas se préoccuper des critiques.

— Elle précise que vous l'avez effrayée et qu'elle est heureuse d'avoir échappé à ce qu'elle considère comme de la magie noire.

— Simple excès de langage, inspecteur ! Ces divagations, bien compréhensibles, s'estomperont au fur et à mesure de la progression psychique de ses aspirations informulées.

— Beata Rosen n'en semble pas convaincue.

— Contrairement aux apparences, le psychanalyste n'écoute pas ses patients ; il s'asseoit derrière eux afin qu'ils ne le voient pas. De la sorte, c'est le « Ça » qui franchit la barrière du mental et s'exprime avec la violence d'un torrent ; à mes patients de déclarer tout ce qui traverse leur esprit, même si c'est stupide.

— Sir Patrick Henlon, qui vous a également consulté, ne se montre guère plus favorable que Beata Rosen. D'après lui, vous êtes un charlatan et vous pratiquez une fausse science. Il estime que vous l'avez trompé et jure bien qu'on ne l'y reprendra plus.

Le psychanalyste sourit.

— Cet excès d'injures me ravit.

— N'êtes-vous pas vexé ? s'étonna Marlow.

— Ce serait une faute professionnelle, superintendant ! Mes patients explosent, ce qui est excellent du point de vue de l'implosion du psychisme.

Marlow renonça à comprendre les paroles du psychanalyste.

— La comtesse Dorothy Burgozly affirme s'être violemment opposée à vous, rappela Higgins.

— N'exagérons rien, inspecteur !

— Elle considère pourtant que vous vous enfermez dans une sorte de folie et que vous persistez dans cette erreur.

— Pauvre Dorothy... Elle ne se remet pas de son mariage avec sir Patrick; ils ne sont pas tellement bien assortis, n'est-ce pas? Ils auraient dû poursuivre leur analyse et dénouer leurs tortillons psychiques pour retrouver un certain équilibre. Leur fuite en avant ne peut que les conduire à une perversion mal contrôlée.

— Est-ce une accusation?

— Inspecteur! La psychanalyse est au-delà de toute morale. Mon allusion était strictement scientifique.

— Soyez plus précis, exigea Higgins.

— J'ai dit ce que j'avais à dire.

— Lord Carolus Gurlingham n'est pas l'un de vos amis, semble-t-il.

— Je n'ai pas l'honneur de connaître ce haut personnage.

— Lui a lu vos articles dans le *Times* et vous considère comme un charlatan.

— Le manque de science conduit à des jugements stupides, même lorsqu'on appartient à une vieille famille noble. Nous autres, psychanalystes, avons eu à lutter contre mille et un obscurantistes qui ont tous perdu la face. Le lord est une incarnation condamnée du Surmoi qui se brisera sous les assauts du Ça montant des profondeurs sociales.

— Vous le faites exprès? s'emporta Marlow, excédé.

— Pardon?

Désarçonné, Jakob Thonberg se tourna vers Higgins.

— Je n'ai pas compris la question de votre collègue.

— C'est sans importance.

— Comment, sans importance ! Dans mon métier, le hasard doit être complètement exclu... D'une certaine manière, et non sans sous-entendu, le superintendant m'accuse d'avoir commis un acte manqué. Inacceptable !

— Ce qui devient inacceptable, monsieur Thonberg, c'est votre silence.

— Nos valeurs sont différentes, inspecteur.

— Une fois de plus, pourquoi refusez-vous de révéler ce que vous a confié une femme victime d'un meurtre ?

— Un prêtre respecte le secret de la confession, un psychanalyste celui de son analyse. Trahir ce principe reviendrait, pour moi, à perdre toute crédibilité.

— Connaissez-vous l'assassin ?

Marlow observa le psychanalyste, qui demeura d'un calme glacé.

— Cette question n'a aucun sens, inspecteur.

— Laissez votre inconscient y répondre.

— Ne vous ai-je pas dit que j'étais sur le point de sortir ? Veuillez m'excuser, messieurs, mais je n'ai plus une minute à vous accorder.

CHAPITRE XXIII

Colonel en retraite, sir Arthur MacCrombie se vantait d'être, à lui seul, un service d'archives sans concurrent sérieux. Tous les ordinateurs du ministère de la Guerre n'accumuleraient jamais une documentation aussi complète que celle qui figurait dans ses fiches et ses dossiers, notamment sur la Seconde Guerre mondiale et sur les diverses épopées des armées britanniques. Rien de ce qui concernait la guerre n'était étranger à sir Arthur MacCrombie qui habitait une énorme villa près de Greenwich ; héritier d'une lignée de combattants dont l'origine se perdait dans les nuits chaudes du Moyen Âge, le colonel s'imposait un entraînement physique quotidien afin de se préparer au prochain conflit.

Il sortait d'une séance de musculation, lorsque sa cuisinière galloise, spécialiste des plats en sauce, lui annonça la visite de deux policiers. Une serviette parfumée autour du cou, vêtu d'un survêtement militaire, MacCrombie se dirigea en petites foulées vers son jardin.

— Higgins, vieille canaille ! Et Marlow, notre meilleur superintendant... Quel dommage que vous ayez préféré la police à l'armée.

Pour le colonel, tout individu qui n'avait pas mené une carrière militaire était une sorte d'infirme éminemment suspect.

— Vous tombez bien, ma cuisinière vient de préparer une cuisse de sanglier mariné et un ragoût au pied de mouton.

Higgins redoutait autant la « cuisine de guerre » de MacCrombie que ses blagues salaces qui eussent fait rougir un général d'active; mais le colonel, appartenant au cercle de ses amis, était un allié décisif, capable de lui procurer d'indispensables informations.

— J'aurais besoin de savoir si lord Carolus Gurlingham, sir Patrick Henlon, Ambrosius Braid et Jakob Thonberg ont séjourné aux Indes.

— Les deux premiers noms me sont familiers, les deux derniers inconnus... Servez-vous une pinte de whisky écossais pendant que je vais consulter mes fichiers.

À peine Marlow achevait-il de vider sa pinte que le colonel MacCrombie revenait avec les renseignements demandés.

— Commençons par le gros gibier : lord Carolus Gurlingham a fait une belle guerre et a effectivement passé six mois en Inde pour y réorganiser l'administration militaire. Un rude gaillard, autoritaire et respecté.

— Aucun incident notable?

— Aucun, sir Patrick Henlon a séjourné deux ans à Bombay, comme officier supérieur des transmissions. D'après sa fiche, un cavaleur.

— Sa conduite lui a-t-elle attiré des blâmes?

— Non, pas à ce point-là.

— Lord Carolus a-t-il accompli des actions d'éclat? demanda Marlow.

— Pas la moindre.
— Et sir Patrick ?
— Pas davantage.
Le superintendant fut un peu déçu. Il espérait que l'aristocratie britannique, se montrant digne de son blason, avait anéanti des hordes barbares au nom de Sa Majesté.
— En ce qui concerne Ambrosius Braid, reprit Arthur MacCrombie, il a passé la plus grande partie de la Seconde Guerre mondiale à Londres, dans un mess d'officiers, où il s'est fait remarquer pour son amour immodéré des alcools exotiques et des cocktails prohibés. Sans doute avait-il contracté ce virus à Bombay où il avait servi dans l'intendance, dans le même régiment que celui de sir Patrick.
— Donc, ils se connaissaient ! s'exclama Marlow.
— C'est fort probable. À l'étranger, les liens entre militaires, même de grade différent, se nouent aisément.
— Et Jakob Thonberg ?
— Celui-là m'a donné du fil à retordre, avoua le colonel, je ne le dénichais nulle part. Ultime solution, la pire, l'infamante : les réformés. C'était bien dans ce fichier-là que ce misérable se terrait. En raison d'une santé fragile, il n'a pas été apte à servir son pays. J'espère qu'il s'est au moins suicidé.
— Il est devenu psychanalyste, avoua Higgins.
Sir Arthur MacCrombie fronça les sourcils.
— On devrait exécuter les réformés ; sinon, voilà ce qu'ils deviennent. Allons nous consoler avec un repas copieux et bien arrosé. Vous ai-je raconté comment j'ai attaqué vingt chars allemands avec un commando de dix hommes armés de fusils périmés ?

★

Scott Marlow se sentit un peu lourd. Ce ne pouvait être ni le sanglier mariné ou le ragoût au pied de mouton, mais peut-être avait-il abusé de la charlotte au chocolat. Par bonheur, la vieille Bentley régulait elle-même sa vitesse, sous une ondée rafraîchissante, en fin de saison.

— Trois sur quatre ont séjourné en Inde et ont pu y connaître Savitri Jong, maugréa le superintendant, mais le psychanalyste est hors de cause.

— Il possédait déjà un alibi inattaquable, rappela Higgins.

— En tout cas, la collusion entre sir Patrick et le gardien de Keer Gardens est bien établie !

— Indubitablement, mon cher Marlow ; mais le personnage de lord Carolus ne devient-il pas fort intéressant ?

— Ne nous emballons pas, Higgins ; quelques coïncidences...

— Quelques coïncidences et sans doute un mensonge inacceptable. Une seconde visite s'impose.

Connaissant le caractère obstiné de son collègue, Marlow savait qu'il ne parviendrait pas à le faire changer d'avis. L'estomac noué, il prit donc la direction de la demeure du lord, redoutant une confrontation explosive.

★

— Du café, messieurs ? À moins que vous ne préfériez du thé, bien que nous soyons en avance sur l'horaire obligé du *tea time*.

— Le café sera parfait, lord Carolus, répondit Higgins.

L'atmosphère du salon d'honneur de l'hôtel particulier de Mayfair était toujours un peu étouffante, tant l'accumulation de tableaux, de bibelots rares, d'objets précieux et de dorures fatiguait le regard. Les cheveux en brosse, l'allure martiale, la moustache en crocs lissée à la perfection, vêtu de manière sobre et classique, l'aristocrate ne semblait pas trop contrarié de revoir les deux policiers.

— Comment se déroule votre enquête, messieurs ?

— Franchement, ce n'est pas facile, répondit Higgins. Nous nous heurtons à de nombreuses difficultés, mais nous ne renoncerons pas.

— Bravo, j'aime les hommes de caractère ! Le superintendant Marlow ne me semble pas dans son assiette...

— Une digestion un peu difficile, lord Carolus.

— J'ai ce qu'il vous faut : un digestif radical, à base de génépi, d'ortie blanche, de poivre de Cayenne et de quelques plantes exotiques dont j'ai oublié le nom. Un souvenir de mon séjour aux Indes.

Lord Carolus Gurlingham remplit un verre ballon d'une mixture verte que le superintendant fut contraint d'avaler.

— Vous avez eu la chance de vivre en Orient ? interrogea Higgins.

— Six mois en Inde, pour y réorganiser l'administration militaire, un mois à Singapour et quelques jours en Birmanie... C'est bien peu, mais j'ai gardé un excellent souvenir de cette période.

— Y avez-vous rencontré sir Patrick Henlon ?

— Non, pas là-bas ; nous nous sommes croisés ici, à Londres.

— Le considérez-vous comme l'un de vos amis ?

L'aristocrate se crispa.

— Je devrais vous répondre « oui », inspecteur et

faire son éloge. Mais j'ai le défaut de dire ce que je pense ; même s'il m'a attiré certains déboires, je ne parviens pas à m'en débarrasser.

— Dois-je comprendre que vous n'appréciez guère sir Patrick ?

— C'est un homme d'affaires nul, sauvé par son entourage professionnel, et un fou obsédé de mots bizarres et de vieilles théières. S'il n'avait pas hérité d'une grosse fortune que ses banquiers gèrent pour lui, il serait enfermé dans un asile psychiatrique. Henlon est une honte pour la noblesse britannique.

— Son épouse a prononcé des paroles très dures à votre égard.

— La comtesse hongroise, rempailleuse de chaises et experte en mariage avantageux, la plus belle langue de vipère du Royaume ! Elle m'amuse, inspecteur, et ses critiques ne m'atteignent pas davantage que tous ceux qu'elle passe son temps à calomnier. Au fond, cette chère Dorothy est restée une étrangère, et elle n'aime pas l'Angleterre. Je ne crois pas, au demeurant, qu'elle aime son mari.

— Lui serait-elle... infidèle ?

— Jetons un voile pudique sur cette triste réalité. Dorothy attend l'héritage, mais elle est plutôt impatiente, si vous voyez ce que je veux dire.

— J'espère que vous n'évoquez pas des tendances... meurtrières ?

— Je l'espère aussi, inspecteur.

Higgins consulta son carnet noir.

— Un détail m'embarrasse, lord Carolus.

— Me concerne-t-il ?

— Précisément, oui.

— Voyons ça.

— Vous ne connaissiez pas la victime, Savitri Jong, n'est-ce pas ?

— Je vous le confirme.

— Elle est indienne, vous avez séjourné en Inde...

— Je vous interromps, inspecteur : il existe des milliers d'Indiennes, mon séjour fut très bref, et je n'ai pas eu l'occasion de les rencontrer toutes.

— Certes, lord Carolus, mais mon souci est ailleurs.

— Je vous écoute, inspecteur.

Higgins lut ses notes.

— L'une des personnes que nous avons interrogées nous a déclaré ceci : « Savitri Jong m'a parlé d'une de ses relations, un autre amateur de peinture, lord Carolus Gurlingham ».

— Puis-je connaître l'identité de cette personne ?

— Le secret de l'enquête...

— Je le comprends, inspecteur, mais comment puis-je me défendre contre une calomnie si je n'en connais pas l'auteur ?

— C'est extrêmement délicat.

En dépit du digestif, Scott Marlow sentait que son estomac était sur le point de chavirer. Lord Carolus Gurlingham n'allait pas supporter bien longtemps ce jeu-là.

— Faisons un pari, inspecteur ; à mon avis, une seule personne peut avoir proféré un mensonge de cette taille-là. Je vais vous donner son nom. Si c'est bien celui de votre... « témoin », acceptez-vous de me le dire ?

— Entendu, lord Carolus.

— Beata Rosen.

— Exact, lord Carolus.

— Ce ne pouvait être qu'elle... Vous avez droit à une prime, inspecteur ; la raison pour laquelle cette chère Beata vous a raconté des sornettes susceptibles de me nuire.

— Soyez-en remercié d'avance, lord Carolus.

— Beata n'est-elle pas une femme ravissante?

— C'est le moins que l'on puisse dire.

— Je ne suis ni beau ni séduisant, mais ma personne ne lui fut pas indifférente. Ma fortune? Elle est elle-même très riche. Mon titre? Possible. Sa manière d'agir m'a fortement déplu; c'est à un homme d'aller vers une femme, et non l'inverse. J'ai donc dû me montrer très franc, brutal même, et lui expliquer que je n'avais nullement l'intention de l'épouser.

— Quelle fut sa réaction?

— Je l'ai profondément vexée, voire offusquée. Elle m'a promis qu'elle se vengerait. Je crois que c'est fait, inspecteur.

— M'autorisez-vous à lui parler de cet incident?

— Bien entendu. J'espère qu'elle aura la franchise de reconnaître les faits. Existe-t-il d'autres zones d'ombre me concernant?

— Je ne crois pas, lord Carolus.

— C'est heureux. Comment nous portons-nous, superintendant?

— Mieux, lord Carolus, beaucoup mieux.

— Parfait! Cette mixture n'a jamais déçu; ou bien l'on vomit tripes et boyaux, ou bien l'on se sent léger comme un nuage. Quand vous aurez identifié le coupable, ayez l'obligeance de m'avertir; c'est la première fois de ma longue carrière que je suis mêlé à une enquête criminelle, et j'aimerais en connaître le fin mot.

CHAPITRE XXIV

Sur le bureau du superintendant, deux messages.

Le premier signalait qu'Ambrosius Braid, le gardien d'immeuble, était à son poste et n'avait rien dérogé à ses habitudes.

Le second était plus énigmatique.

Je voudrais vous parler. Rendez-vous au Baiser à 16 h. Mélania.

— C'est forcément un faux, jugea Marlow, l'estomac en feu.

— Je ne crois pas.

— Le Baiser... Que veut-elle dire ?

— Avec un B majuscule, il n'en existe qu'un seul. Bien qu'il soit d'origine française, il se trouve cependant à Londres. Êtes-vous d'attaque, mon cher Marlow ?

— Ce n'est pas trop loin ?

— Tout près de Westminster.

★

La Tate Gallery, dont le portique faisait face à la Tamise, abritait quantité d'œuvres admirables de la peinture anglaise des XVIe et XVIIe siècles, et la majeure partie de l'œuvre de Turner qui l'avait léguée à son pays avant sa mort, en 1851. Higgins appréciait beaucoup moins les tableaux modernes dont la plupart dénotaient, de la part de leurs auteurs, un singulier manque de métier. Quoi d'étonnant, à une époque où l'esbrouffe et la médiocrité rapportaient davantage d'argent que l'authenticité ?

Higgins conduisit Marlow devant le fameux *Baiser* du sculpteur français Rodin, montrant un homme et une femme nus dans une posture passionnée dont le vérisme heurta quelque peu le superintendant. Sous le règne de Victoria, cette œuvre libidineuse eût valu à son auteur la prison à perpétuité.

Elle était là, étrange, sombre et attirante, le teint pâle, les cheveux noirs de jais, une mèche folle sur le front, le nez aquilin, les yeux bleu clair, drapée dans une longue robe de mousseline noire, les pieds nus dans des sandales à l'antique, enveloppée d'un parfum capiteux où dominait la senteur du santal.

— Bonsoir, messieurs, dit-elle de sa voix grave, et merci d'avoir répondu à mon invitation. Quelle merveilleuse sculpture, n'est-il pas vrai ? On n'a jamais mieux exprimé l'amour humain, ses élans et ses drames. Lorsque le jour me paraît trop sombre, je viens ici, et le soleil se lève.

— Est-ce le cas, aujourd'hui ?

— Grâce au *Baiser* et à votre présence, non. J'avais besoin de cette sculpture pour pouvoir vous parler.

— Un fait nouveau se serait-il produit ?

— Je ne cesse de penser à la mort de Savitri Jong. Je l'ai peu connue, c'est vrai, mais j'ai aimé son mystère et son originalité. Si ce crime restait impuni, je me sentirais presque... coupable.

— Que désirez-vous nous apprendre ?

— Rien de concret, hélas ! Mais j'ai fait un cauchemar. Savitri se trouvait dans un champ de fleurs, endormie et heureuse. Un homme masqué survenait, armé d'un sécateur, et il coupait les fleurs une à une. Son massacre accompli, il ôtait son masque et se dirigeait vers Savitri. Cet homme, c'était Jakob Thonberg.

Scott Marlow était excédé. Il détestait les rêves et les élucubrations qui, fatalement, parsemaient le cours d'une enquête.

— N'est-ce pas un indice quelque peu fragile, mademoiselle Miler ? demanda Higgins avec un sourire paternel.

— Bien sûr que si, mais je ne pouvais garder pour moi cette révélation venue des ténèbres de l'inconscient. J'aurais eu l'impression de vous mentir.

— Merci pour votre sincérité ; acceptez-vous de répondre à quelques questions.

— Pourquoi refuserais-je ?

Higgins consulta ses notes.

— J'ai oublié de vous parler d'un petit bloc de bronze, en forme de rocher, destiné à parfumer du linge, et retrouvé dans l'appartement du crime. Je suppose qu'il fait partie de votre gamme de produits.

Mélania Miler parut contrariée.

— Non, inspecteur, vous vous trompez... Je n'ai pas créé ce genre d'objet. J'en ai même horreur ; n'est-ce pas l'expression d'un fétichisme archaïque ?

— C'est bien possible... Nous tâcherons de comprendre les raisons de la présence de cet objet, à supposer qu'il s'agisse bien d'un indice.

— Il n'est pas toujours facile de distinguer l'essentiel du secondaire.

— Sage parole, mademoiselle. J'aimerais que vous nous parliez d'une grande figure de l'aristocratie, lord Carolus Gurlingham.

— Aurait-il consenti à jeter un œil sur ma modeste personne ?

— Par l'intermédiaire des magazines ; il vous trouve très belle.

— De la part d'un amateur d'art, je suppose que c'est flatteur. Moi, je l'ai aperçu, dans certaines réceptions... Un homme dur, impressionnant et autoritaire. Que vous en dire de plus ?

— L'enquête nous a amenés à contacter sir Patrick Henlon et son épouse, la comtesse Dorothy Burgozly.

— Ah oui... Connaissaient-ils la malheureuse Savitri ?

— Le hasard des mondanités, mademoiselle.

— Je ne crois pas que Savitri aurait noué des liens d'amitié avec cette chère Dorothy.

— Pour quelle raison ?

— Parce que cette comtesse hongroise est une véritable peste, inspecteur !

— Elle nous a reçus de manière plutôt aimable.

— Hypocrite, en plus ! Elle ne cesse de critiquer la police, l'armée et la justice. Pour elle, l'Angleterre est un repaire de dégénérés, seule la Hongrie mérite le titre de nation. C'est pourtant bien ici qu'elle a fait fortune... Et savez-vous comment, inspecteur ? En séduisant sir Patrick ! Une histoire complètement invraisemblable, comme on en lit dans les romans d'amour à quatre sous, à cette différence près que l'héroïne est jolie et désirable, ce qui n'est vraiment pas le cas de Dorothy ! Une peste, une menteuse, une arriviste... Et je suis sans doute au-dessous de la vérité.

— Pardonnez-moi d'être indiscret, mademoiselle, mais avez-vous dit à la comtesse Dorothy Burgozly ce que vous pensez d'elle ?

— Vous m'accuserez peut-être de lâcheté, inspecteur, mais je n'ai pas osé... Car elle me fait peur ! Une femme capable d'envoûter un esprit libre comme sir Patrick est forcément quelqu'un de déterminé et de dangereux.

— Qu'auriez-vous eu à craindre ?

— Je l'ignore... Mais, jusqu'à cet instant, j'ai gardé mes pensées pour moi-même.

— Sans en faire part à sir Patrick ?

— Nous ne sommes pas assez intimes !

— Le superintendant et moi avons eu l'impression que sir Patrick et son épouse ne s'entendaient pas au mieux.

— C'est un jugement très modéré, inspecteur !

Mélania Miler tourna autour du *Baiser* de Rodin.

— Pauvre sir Patrick ! Pourquoi s'est-il laissé prendre dans les filets de cette mégère ? Un instant d'égarement peut vous conduire à une existence de forçat.

— Sir Patrick est un homme original.

— Oui, inspecteur ; original et non conformiste. Sir Patrick est intelligent, il ne ressemble pas à ces aristocrates bouffis d'orgueil, empêtrés dans leur arbre généalogique, croulant sous les titres et les honneurs. Lui se moque de ces futilités.

Il aurait aimé une autre vie, se livrer à des recherches artistiques, oublier les mesquineries de l'existence. Mais cette maudite comtesse l'empêche de s'épanouir... Ainsi va le monde, absurde et incohérent. Personne ne le transformera, je le crains, et nous continuerons de rêver à ce sublime *Baiser*.

Higgins respecta la méditation de Mélania Miler devant la sculpture de Rodin. Puis il intervint d'une voix douce.

— N'avez-vous rien d'autre à me confier, mademoiselle ?

— Je ne crois pas, inspecteur.

— Avez-vous bien cherché dans votre inconscient comme dans votre conscient ?

— Deviendriez-vous psychanalyste ?

— Ce n'est pas souhaitable.

— Vous soupçonnez Thonberg, n'est-ce pas ?

— Son alibi est inattaquable.

— N'est-ce pas le point fort d'un psychanalyste, inspecteur ?

Higgins hocha la tête.

— J'apprécie votre remarque, mademoiselle ; elle ne manque pas d'intérêt.

— Si je n'avais pas tant de travail, je passerais mes journées au pied du *Baiser* ; à lui seul, il efface nos doutes et nos angoisses. Adieu, inspecteur.

— Au revoir, mademoiselle.

Higgins la regarda s'éloigner, étrange et sombre.

Marlow trépignait.

— Mais enfin, Higgins... Il y a quelque chose qui ne va pas !

— Exact, superintendant.

— Ne faudrait-il pas trancher dans le vif tout de suite ?

— C'est une excellente idée, mais ne conviendrait-il pas de l'appliquer à Beata Rosen ?

CHAPITRE XXV

L'hôtel particulier, aux colonnes hautes et légères, se prélassait sous un rayon de soleil qui rehaussait la blancheur de sa façade et de son portique d'entrée.

Un valet de pied accueillit Marlow et Higgins.

— Madame Rosen peut-elle nous recevoir ?

— Je vais voir, messieurs. Qui dois-je annoncer ?

— Scotland Yard.

Le valet de pied revint porteur d'une réponse positive.

— Madame vous attend devant son garage.

Le sosie de Marlène Dietrich était assise, de manière négligente, sur le siège d'une Ferrari. Le bras gauche appuyé sur la vitre presque complètement abaissée de la portière ouverte, le pied gauche posé sur le sol, le coude droit sur le genou droit, elle contempla les deux policiers d'un regard soupçonneux.

— Une visite de politesse, messieurs ?

— Je crains que non, madame.

Veste boutonnée de velours, gilet de soie au large col, pantalon bleu de nuit à revers, escarpins vernis à talons hauts, donnaient une allure princière à Beata

Rosen, dont les lèvres étaient peintes en rouge sombre.

— N'avez-vous pas fini de me torturer ?

— Une femme est morte, nous cherchons son assassin.

— Je connaissais à peine Savitri Jong ! Comment pourrais-je me lamenter des années durant sur la mort tragique de cette malheureuse ? Je ne suis pas hypocrite, inspecteur ; j'ai mes problèmes, et ils me préoccupent davantage que la mort de Savitri Jong. Que vous me jugiez cruelle et insensible, je m'en moque !

— Nous ne sommes pas venus organiser votre procès, mais évoquer certains points de votre témoignage.

— Mon... témoignage ? Ai-je commis quelque chose de semblable ?

— Vos déclarations ont pris un certain poids, madame, en raison de la progression de l'enquête.

Bien qu'elle tentât de garder une allure décontractée, Beata Rosen masqua mal son énervement.

— Je n'ai rien d'autre à dire, messieurs.

— Même à propos du psychanalyste Jakob Thonberg ?

— Je ne veux plus entendre parler de cet homme.

— Que lui reprochez-vous exactement ?

— Ceci ne concerne que moi, ma vie privée et non votre enquête. Suis-je assez claire, inspecteur ?

— Malheureusement non, madame ; j'aurais aimé que vous me laissiez juge.

— Je n'ai rien à dire sur Jakob Thonberg. Est-ce tout ?

Elle commença à remonter la vitre.

— Non, madame.

— Comment, non ?

— Savitri Jong a été assassinée dans l'immeuble de Keer Gardens dont le gardien se nomme Ambrosius Braid. Vous avez déclaré ne pas le connaître.

— C'est possible, je ne me souviens plus...

— Et si je vous repose la question ?

— C'est comme un souvenir très lointain, inaccessible... Ce nom me dit vaguement quelque chose.

— Rien de plus précis ?

— Désolée, rien.

Higgins feuilleta son carnet noir.

— Monsieur Braid prétend qu'il fut votre chauffeur pendant un mois.

— Possible, en effet... Pourquoi devrais-je m'en souvenir ?

— Parce que son mois d'essai s'est mal déroulé.

— En suis-je responsable ?

— Vos altercations furent nombreuses, vous devriez vous en souvenir.

— J'avais oublié, voilà tout. Est-ce si important ?

— Espérons que non, madame.

— Cet Ambrosius Braid vous a-t-il parlé de sa place précédente, comme chauffeur ?

— Il n'a pas évoqué cet aspect de sa carrière.

— Braid a été le chauffeur de sir Patrick Henlon, jusqu'à son mariage avec la comtesse hongroise. Sans doute a-t-il déplu à cette dernière ; son style ne devait pas convenir à la nouvelle maîtresse de maison.

Higgins nota le détail.

— Sir Patrick ne vous aime pas beaucoup, semble-t-il.

— C'est un homme étrange, compliqué et plutôt ennuyeux. Que penser d'un homme qui aime sa femme sans l'aimer ?

— Une formule bizarre, madame.

— Elle correspond à ce qu'il vit, inspecteur, que nous le comprenions ou non. Elle et lui ont des caractères tout à fait incompatibles et n'auraient jamais dû se rencontrer, mais la réalité est ainsi faite.

— Dorothy Burgozly ne fut guère indulgente à votre égard.

— J'ai l'habitude, inspecteur; une femme riche attire forcément convoitises, envies et jalousies. Que n'a-t-on pas dit sur le décès de mes trois maris? Au début, j'ai été blessée, puis je me suis forgée une carapace, comme n'importe quel être qui décide de se battre et non de subir. Ni Dorothy, ni son mari, ni personne d'autre ne peuvent m'atteindre.

— Belle force d'âme, madame.

— Il m'en faut, inspecteur, il m'en faut même beaucoup.

— Franchement, les attaques de Dorothy Burgozly vous laissent-elles insensible?

— Comment une intrigante, faussement modeste, et tellement désireuse de s'accaparer une fortune inespérée, pourrait-elle m'atteindre? Même si cette chère Dorothy a poussé l'art du persiflage à son paroxysme, quelle importance? Elle amusera quelques esprits stupides et méchants, mais ne compromettra pas l'équilibre que j'ai obtenu après avoir subi tant d'épreuves. L'argent fait le bonheur, paraît-il... J'en suis de moins en moins convaincue.

— Vous contenteriez-vous d'une existence très modeste?

— À dire vrai, non. Quand on a goûté à l'aisance, y renoncer devient impossible; mais elle se réduit de plus en plus à ce qu'elle est, une sucrerie de grand luxe. À présent, messieurs, j'ai une folle envie d'être seule et d'essayer cette Ferrari.

— Aurez-vous un peu de patience, madame Rosen ?

— Quoi encore, inspecteur ?

— Deux détails gênants.

— Est-ce si urgent ?

— Je le crains.

Excédée, Beata Rosen passa la main dans ses cheveux.

— Je vous écoute.

— Le premier détail est une déclaration de Dorothy Burgozly, affirmant que vous aviez omis de lui dire que vous connaissiez Savitri Jong.

— Mais... c'est absurde ! Pourquoi lui aurais-je parlé de cette Indienne ? Savitri Jong n'était pas une amie intime, et Dorothy Burgozly l'est moins encore ! Elle a essayé de me nuire, une fois de plus, en tentant de vous persuader que j'avais caché un fait essentiel. Vous savez bien que c'est faux, inspecteur ! J'ai dit la vérité, vous l'avez noté.

Higgins opina du chef.

— Le second détail est plus embarrassant.

— Toujours cette chère Dorothy, je parie !

— Non, il est dû à lord Carolus Gurlingham.

— Je vous ai dit ce que je pensais de lui et je le confirme.

— Vous avez affirmé qu'il avait rencontré Savitri Jong.

— C'est Savitri elle-même qui me l'a confié.

— Lord Carolus Gurlingham le nie, madame.

— Il ment.

— Il pense que vous avez imaginé cette relation avec la victime pour vous venger de lui.

Beata Rosen se leva et claqua la portière de la Ferrari. Elle se voulait conquérante, mais l'inquiétude creusait ses traits.

— Ah oui... Et pourquoi me serais-je comportée de la sorte ?

— Parce que vous souhaitiez l'épouser et qu'il a repoussé votre offre. Par dépit, vous avez formulé la première accusation qui vous passait par la tête afin de le mettre dans l'embarras. Vous saviez que votre révélation nous conduirait à enquêter sur lui.

Beata Rosen paraissait abasourdie. Elle n'avait plus qu'un mince filet de voix.

— C'est vrai, j'ai aimé cet être sans cœur... Je me moquais bien de sa fortune et de ses titres, mais il m'a repoussée, comme une vulgaire arriviste. Soyez satisfait, inspecteur : à présent, vous savez tout.

Beata Rosen ouvrit la portière de la Ferrari, s'installa au volant et démarra en trombe. L'image fut fugace, mais Higgins aurait juré qu'elle pleurait.

CHAPITRE XXVI

Sir Patrick Henlon rechignait devant son potage à la crème.

— Qu'est-ce que tu as encore? demanda son épouse.

— Ce n'est pas un vrai potage. Ceux de mon enfance étaient bien plus savoureux.

— Tu te plains sans cesse.

— Nous pourrions changer de cuisinière; celle que tu as engagée est incompétente.

— Je suis la maîtresse de maison, et c'est moi qui engage les domestiques. Tu regrettes peut-être de brillantes personnalités comme ton ancien chauffeur?

— Il conduisait très bien.

— Un bel ivrogne! Il nous aurait emmenés droit dans un arbre.

— Tu es injuste, ses états de service étaient excellents.

— Avec toi, tout est toujours excellent!

— Faut-il voir le mal partout?

— Oui, car il s'y trouve.

— Tu es bien tourmentée, ma chère Dorothy.

— Tes insultes ne m'atteignent pas.

— Il ne s'agit pas d'une insulte, mais d'un simple

constat. Comme le reste du dîner risque d'être aussi infect que ce potage, je préfère aller me coucher.

— Si tôt ?

— Je suis éreinté.

— Ton conseil d'administration, peut-être ?

— Même lorsqu'il est question de théières imitant l'ancien, les actionnaires sont exigeants et posent des dizaines de question auxquelles je dois répondre.

— Eh bien, bonne nuit, mon chéri.

— Toi de même.

Après avoir fermé à clé la porte de sa chambre, sir Patrick resta dans le noir une bonne demi-heure. Comment résoudre le problème qui se posait à lui ? Ne rien dire eût été préférable, ne pas parler était une faute grave qui, tôt ou tard, se retournerait contre lui. Et personne ne pouvait le conseiller sur la bonne manière d'agir...

Pesant le pour et le contre depuis le début de l'enquête, il ne parvenait pas à se décider.

S'il avait eu en face de lui des policiers routiniers, sans grande force d'investigation, il aurait sans doute continué à garder son secret. Mais ces deux-là... Le superintendant Marlow était obstiné, l'ex-inspecteur-chef Higgins possédait une intuition redoutable, il fouillait l'âme, explorait ses moindres recoins. Ni l'un ni l'autre ne lâcheraient prise ; sans doute le soupçonnaient-ils déjà d'avoir dissimulé une partie de la vérité.

Tout bien pesé, il n'avait plus vraiment le choix.

Sir Patrick décrocha son téléphone et composa le numéro de Scotland Yard.

— Urgent et confidentiel... Passez-moi le superintendant Marlow.

★

Douce et régulière, la pluie faisait luire la chaussée londonienne que parcouraient un nombre croissant de véhicules à moteur, répandant une pollution à la fois chimique et sonore qui rendrait bientôt la capitale invivable. Higgins songeait avec nostalgie à son domaine de The Slaughterers où il aurait dû goûter la fraîcheur revigorante d'un printemps humide, si une mystérieuse Indienne n'avait pas été assassinée dans un immeuble de bureaux marqué au sceau de la laideur moderne.

À cette heure, Trafalgar prenait le petit déjeuner servi par Mary, devant la cheminée où scintillaient les braises que la gouvernante réanimerait avec le tisonnier, avant de déposer une bûche bien sèche. Après une nuit de sommeil et un repas copieux, quelques heures de repos s'imposaient afin de préparer l'appétit pour le déjeuner. Le siamois aux magnifiques yeux bleus avait horreur du stress et de la précipitation.

L'ex-inspecteur-chef pensa à l'*Ode aux villes perdues* de Harriet J.B. Harrenlittlewoodrof dont il possédait un manuscrit, authentifié par l'auteur :

Pavés luisant d'oubli et de tourments,
Rues sans fin à la mémoire courte,
Places égarées dans la verdure abolie,
Que diriez-vous, demain, si l'on vous parle d'amour ?

— Quelle circulation démente, se plaignit Marlow, mal réveillé ; ces cars de touristes sont une véritable plaie.

— À quelle heure vous a-t-il appelé ?

— À 9 h 40 ! Je prenais un remontant léger, avant de m'attaquer à une nouvelle pile de dossiers, lorsque le téléphone a sonné.

— Et il s'est présenté spontanément ?

— « Sir Patrick à l'appareil... Vous me reconnaissez » : ce furent ses premiers mots.

— Une voix déguisée.

— Je n'en ai pas eu l'impression.

— Angoissée ?

— Certes oui ! Le gaillard n'était pas à son aise, il bafouillait, mais il a insisté sur le fait qu'il avait une révélation importante à nous faire, à condition que nous ne nous rencontrions pas chez lui.

— L'avez-vous questionné ?

— Je n'en ai pas eu le temps, il a raccroché. C'est peut-être une mauvaise plaisanterie, mais il est préférable de vérifier.

Higgins appréciait la conscience professionnelle sans faille de Scott Marlow. Le superintendant n'économisait ni son temps ni son énergie pour cheminer sur le sentier de la vérité.

— À propos, Higgins... Aucune nouvelle de la reine mère ?

— Je l'ai eue hier soir au téléphone ; pour ne rien vous cacher, elle s'impatiente un peu.

— Lui avez-vous dit la vérité ?

— J'ai indiqué que nos recherches progressaient ; elle espère un résultat imminent.

Déplaire à la famille royale déchirait le cœur du superintendant.

— Pourvu que sir Patrick soit au rendez-vous, marmonna-t-il.

Sous la pluie, inondé de soleil ou battu par les vents, Trafalgar Square demeurait la plus belle place du monde, bien supérieure en harmonie et en proportions à celle de l'Arc de Triomphe de Paris, gros gâteau indigeste qui, de plus, ne commémorait même pas une victoire anglaise.

À Trafalgar Square, ni hypocrisie ni sous-entendu : c'était Horatio le brave, vicomte Nelson, vainqueur de la flotte franco-espagnole en 1805, que l'on célébrait par une superbe colonne, sur laquelle veillaient quatre lions en bronze en posture de sphinx. Les parapluies ouverts, les pigeons et le défilé des autobus à impériales faisaient partie du décor quotidien, magnifié par les demeures à colonnades de style néo-gothique.

Adossé à la fontaine, abrité sous un parapluie, sir Patrick Henlon.

Marlow se gara, Higgins ouvrit la portière arrière.

— Voulez-vous monter, sir ?

L'ex-inspecteur-chef s'assit à l'arrière, à côté de sir Patrick.

— Le superintendant a l'obligeance de nous servir de chauffeur ; ce lieu de rendez-vous est-il assez discret ?

— C'est parfait, inspecteur, vraiment parfait.

La vieille Bentley redémarra et se glissa en douceur dans la circulation.

— Si vous saviez comme je suis ennuyé...

— À titre personnel ?

— Oui et non. Enfin oui, puisque je suis là, mais non parce que je ne suis pas en cause. S'il ne s'agissait que d'un meurtre, je me serais tu, mais là... À ma place, vous en auriez fait de même. Néanmoins, ce n'est pas facile. Je pourrais me tromper, mais je ne me trompe pas. C'est comme en psychanalyse, chaque mot a son importance.

— Avez-vous beaucoup étudié la doctrine de Freud ?

— Beaucoup, non, mais j'ai cru un temps que c'était sérieux. Tout le monde peut se tromper, non ?

L'aristocrate gratta son crâne chauve. Sous les sourcils épais, le regard demeurait amorphe, vide d'émotion.

— Ce sont les mots qu'on peut mettre les uns à la place des autres, et rapprocher de manière approximative qui m'ont passionné. Un exemple de psychanalyse : un patient cardiaque qui avait peur de partir pour l'Égypte. Dès qu'il montait dans l'avion, ses palpitations devenaient infernales. C'est Jakob Thonberg qui a trouvé l'origine du mal. En Égypte, il y a Le Caire. Le Caire... le cœur ! Le malade avait refoulé ça dans son inconscient, il rejoignait son Caire, je veux dire son cœur malade.

— A-t-il pu partir en définitive ?

— Oui.

— Et... revenir ?

— Non, il est mort d'une crise cardiaque à l'aéroport, mais il n'avait pas eu la moindre palpitation pendant le voyage. Psychanalyser, inspecteur, ne consiste pas à résoudre un problème, mais à le déplacer. C'est pourquoi une analyse n'est jamais terminée ; quand vous n'avez plus mal au coude, c'est le genou qui trinque.

— Merci de vos éclaircissements, sir Patrick ; forment-ils l'essentiel de vos révélations ?

— Non, inspecteur, bien sûr que non... Je m'égarais.

— Si nous en venions à l'essentiel ?

— Eh bien, voilà... C'est à propos de Savitri Jong. Mais pas seulement d'elle... De quelqu'un d'autre aussi. De quelqu'un que vous avez interrogé. Elle vous a peut-être dit la vérité, peut-être pas... Vous voyez, comme c'est difficile !

— Détendez-vous, sir Patrick. Seuls le superintendant et moi vous écoutons.

— J'aime mieux ça... Voilà... Mélania Miler a revu plusieurs fois Savitri Jong. Elles sont même devenues de bonnes amies, puisque Mélania a accepté de maquiller elle-même Savitri, ce qu'elle fait très rarement.

De son écriture fine et rapide, Higgins prit des notes sur son carnet noir.

— L'information est importante, jugea l'ex-inspecteur-chef.

— Ah... Je m'en doutais.

— En savez-vous davantage ?

— Non, juste ça... Je vous avoue que je me sens soulagé.

Marlow pensait que Higgins pousserait sir Patrick dans ses derniers retranchements, mais l'ex-inspecteur-chef n'adopta pas cette stratégie.

— Où souhaitez-vous descendre, sir Patrick ?

— N'importe où, je prendrai un taxi.

— Surtout, ne bavardez pas.

— Ce n'est pas mon genre, inspecteur.

Sir Patrick descendit, la Bentley repartit. Higgins avait repris sa place habituelle, à la gauche du superintendant.

— Ce gaillard ne me dit rien qui vaille, déclara Scott Marlow. Et s'il mentait pour se faire oublier ?

— Possible.

— Nous savons que l'assassin est un homme.

— Nous savons que la victime a eu des relations intimes avec un homme, rectifia Higgins.

— Que proposez-vous ?

— Que nous nous munissions d'un mandat de perquisition.

CHAPITRE XXVII

— Inspecteur Higgins, superintendant Marlow... Et tous ces policiers en uniforme ! Mais... que signifie cet envahissement ?

— Les contraintes d'une enquête criminelle, déplora Higgins.

— Je ne comprends pas.

— Nous devons perquisitionner.

— Chez moi ?

— Oui, mademoiselle, insista Marlow. Chez vous.

— Je refuse !

— C'est impossible. Voici les documents légaux qui justifient notre démarche.

— Je me moque des paperasses ! Je suis ici chez moi, n'y entrent que mes invités.

— Résister serait enfantin, déclara Higgins d'une voix douce. Nous contraindrez-vous à vous passer les menottes ?

L'étrange femme aux cheveux noirs recula, terrorisée.

— Mes mains, mes poignets... Vous n'y toucherez pas !

— Entendu, si vous vous montrez raisonnable.

Vaincue, Mélania Miler s'effaça pour laisser une

cohorte de policiers qui la saluèrent avec amabilité et découvrirent la vieille bâtisse du XVIIIe siècle au sol de mosaïque bleu et vert, et aux murs peints en vert sombre. Ils passèrent, indifférents, devant les appliques en fer forgé et les tableaux religieux, et ouvrirent les portes des pièces.

— Mais... où vont-ils ?

— Partout, mademoiselle. Rassurez-vous, ils remettront tout en ordre après la fouille.

— Ils ne vont quand même pas aller dans ma chambre, dans mon atelier !

— C'est leur devoir.

Ses yeux bleu clair en proie à une profonde détresse, Mélania Miler se campa devant Higgins.

— Ne les laissez pas faire, inspecteur. C'est comme... un viol !

— Cette perquisition n'a pas été décidée de gaieté de cœur, croyez-le bien.

— Savez-vous au moins ce que vous cherchez ?

— Oui, mademoiselle.

— Si je vous le donne, m'interromprez-vous ce saccage ?

— Oui, mademoiselle.

— Alors, parlez !

— Nous cherchons des vêtements d'homme.

— Rappelez vos sbires, faites-les sortir d'ici, et suivez-moi.

D'un regard à l'intention de Marlow, Higgins manifesta son approbation. Bien que le superintendant jugeât la manœuvre audacieuse, il interrompit la perquisition.

Nerveuse et enflammée, Mélania Miler emmena les deux hommes au fond du couloir et s'arrêta devant un panneau sur lequel était exposé un tableau consacré à un saint agenouillé, en extase.

— Un trompe-l'œil pour masquer un placard, expliqua-t-elle ; vos soudards seraient passés devant sans s'en rendre compte.

Mélania Miler tira sur le rebord du tableau et ouvrit un vaste placard contenant une centaine de costumes, de vestes et de pantalons de très grande qualité.

— Vous arrive-t-il souvent de vous habiller en homme ? demanda Scott Marlow.

— M'habiller en homme... Vous plaisantez !

— Mais alors...

— Ce sont des costumes professionnels, superintendant. Je crée aussi des produits de beauté pour les hommes et j'exige qu'ils soient habillés selon mes critères, lors des expériences. Aurais-je enfreint une loi majeure, au point de subir une perquisition à cause de mon art ?

— Veuillez accepter nos excuses, dit Higgins.

— Mais... vous saviez que je possédais ces vêtements !

— Simple hypothèse.

— Qu'en concluez-vous, puisque vous avez trouvé ce que vous cherchiez ?

— Nous n'en sommes pas encore aux conclusions.

— La mienne est simple et franche : je ne veux plus vous revoir !

Le regard de Higgins se fit perçant.

— Savitri Jong était votre amie, une véritable amie dont vous connaissiez tous les secrets.

Le teint très pâle devint presque rose, la femme panthère.

— Qu'insinuez-vous, inspecteur ?

— Niez-vous mon affirmation ?

Si Higgins avait été un être faible, la tigresse l'aurait déchiré de ses griffes ; mais l'ex-inspecteur-chef avait appris à chasser les fauves dangereux, fussent-ils cachés sous une enveloppe humaine.

— Chacun a sa notion de l'amitié, monsieur Higgins. La mienne est très particulière.

— Pourrais-je la connaître ?

— L'amitié est une faiblesse que l'on s'accorde lorsque l'on doute de soi.

— Savitri Jong était-elle cette faiblesse ?

— Bien sûr que non ! Je n'ai ni ami, ni amie, car je ne doute pas de moi.

— Pourtant, vous vous fréquentiez davantage que vous ne le laissiez supposer.

— Est-ce un délit ?

— Pourquoi tant de discrétion, mademoiselle ?

— Parce qu'elle est la marque d'une estime mutuelle.

— Savitri Jong a été assassinée.

— Mon témoignage la ferait-elle revivre ?

— Ne souhaitez-vous pas l'arrestation de son assassin ?

— J'ignore son identité.

— Savitri Jong vous a-t-elle parlé de son mari ?

— Elle en avait un.

— Et de son amant ?

— Elle en avait un aussi.

— Son nom ?

— Elle ne me l'a pas révélé, et ce détail ne m'intéressait pas. Savitri m'a juste confié qu'elle abritait des amours extraordinaires dans un lieu secret.

— Ne l'avez-vous pas questionnée ?

— Je ne suis pas friande d'anecdotes. C'était sa vie de femme, elle la menait comme elle l'entendait.

— Dommage, mademoiselle ; un peu plus de curiosité de votre part, et nous connaîtrions le meurtrier de Savitri Jong.

— C'est ainsi, inspecteur; dois-je me sentir coupable pour autant?

— À vous de juger.

— Si vous en avez terminé, j'aimerais retrouver le calme habituel de cette demeure.

— C'est bien naturel.

— C'est curieux... J'ai le sentiment que vous désirez vraiment arrêter l'assassin de Savitri, comme si elle était *votre* amie.

— Un vieux travers, mademoiselle, plutôt passé de mode : l'identification des assassins me semble être nécessaire pour la survie d'une société.

— Est-ce une raison pour persécuter des innocents ?

— L'obtention de la vérité n'est pas toujours aisée, vous en conviendrez.

— Personne ne m'a importunée comme vous, inspecteur, et je suis plutôt rancunière.

— Je ferai face, mademoiselle.

— À présent, sortez... Et au plaisir de ne pas vous revoir !

— Qui sait?

★

La vieille Bentley, quoique fort mouillée, repartit avec vaillance.

— À votre place, Higgins, j'aurais perdu mon sang-froid. Je me demande si je n'aurais pas giflé cette mégère !

— Si elle est sincère, elle attaque pour mieux masquer sa peine; si elle ne l'est pas, elle nous jette un défi. Et elle n'est pas la seule, dans cette affaire...

— Pour être franc avec vous, Higgins, je suis complètement perdu.

— Pour vous rendre la pareille, mon cher Marlow, je redoute de n'être pas beaucoup plus avancé que vous.

Le superintendant craignait d'entendre semblable aveu.

— Vous n'avez vraiment... aucune hypothèse solide ?

— J'ai une bonne vingtaine d'hypothèses, mais aucune ne s'impose. Savitri Jong est une victime très mystérieuse, superintendant. Elle échappe à l'intuition comme au raisonnement.

— Nous n'allons quand même pas... échouer ?

— Un psychanalyste ferait ses choux gras avec votre question, mais sa récolte serait maigre. Il faut admettre ses limites, mon cher Marlow.

— Mais... *Queen Mum* !

Higgins comprenait la détresse de son collègue, mais il n'avait pas le droit de lui mentir, alors qu'il ne discernait aucune lumière dans les ténèbres. Pourtant, l'ex-inspecteur-chef avait travaillé selon sa méthode habituelle, comme un vieil alchimiste accumulant les matériaux dans l'athanor, le fourneau sélectif, sans a priori ni idées préconçues, et il avait attendu que la vérité surnageât.

Mais nulle vérité ne surnageait.

Seulement des ombres, des approximations, des impressions...

Higgins ne souffrait pas pour lui, car nul ne sortait vainqueur de tous les combats, mais pour Savitri Jong. L'âme d'un être assassiné ne flottait-elle pas entre les mondes tant que l'assassin n'avait pas été identifié et châtié ?

— Je refuse d'abdiquer, décréta Scott Marlow. Il faut tout reprendre à zéro.

— Que savons-nous de la victime, superintendant ? Qu'elle était indienne, mariée à un Anglais dont elle taisait le véritable nom, qu'elle avait un amant dont nous ignorons l'identité, qu'elle a sacrifié au plaisir de l'amour adultère avant d'être étranglée, et qu'elle suivait une analyse chez Jakob Thonberg.

— Ça ne suffit pas.

— Retournons au musée.

— Voir le *Baiser* de Rodin ?

— Non, je vous propose un endroit beaucoup plus inquiétant. C'est notre dernière chance de trouver la clé de ce meurtre.

CHAPITRE XXVIII

Higgins regretta un instant de ne pas avoir pensé à Maresfield Gardens, à Hampstead, mais il effaça vite ce sentiment pénible car comme l'écrivait un sage chinois : « ni regrets ni remords ne permettent de progresser sur la voie ».

Maresfield Gardens, à dire vrai, n'était pas la porte de la voie, mais la résidence londonienne de Sigmund Freud, père de la psychanalyse qui, après un demi-siècle passé à Vienne, était venu s'établir à Hampstead en 1938, en échange d'une rançon de 4 824 dollars fixée par les fonctionnaires allemands pour le laisser quitter le territoire du Reich. Indéniablement, Freud ne valait pas cher. Et il était mort en 1939, avant le déclenchement de la Seconde Guerre mondiale, dans une petite maison charmante, typiquement britannique, avec son jardinet, son gazon, ses bow-windows, ses pièces claires et coquettes, son confort bourgeois et son art de vivre apparemment fort éloignés des pulsions et des fantasmes de l'Autrichien à la barbe blanche.

Les amis de Freud et de la psychanalyse avaient reconstitué, à Maresfield Gardens, le cabinet viennois où le psychanalyste recevait ses patients.

Le fauteuil de Freud agonisait, tant son cuir usé semblait prêt à rendre l'âme. Le bureau lui-même était un meuble fort ordinaire, mais couvert de statuettes antiques : une déesse Neith de la ville égyptienne de Saïs, une tête de faucon Horus, une déesse Isis tenant son enfant sur les genoux, un Osiris, un Satyre, une danseuse grecque, des divinités asiatiques, des bouddhas.

Sur la gauche de Freud, lorsqu'il était assis, le jardin ; sur sa droite, un siège bas sans dossier à quatre pieds et le célèbre divan, recouvert d'un tapis et de coussins. Au-dessus de ce sofa qui avait recueilli tant de fantasmes et de confidences inavouables, un ordre péremptoire : « Ne pas s'allonger ».

— Je me sens mal à l'aise, avoua Marlow.

— C'est normal, estima Higgins ; tout lieu s'imprègne des pensées des êtres qui y ont vécu.

— On jurerait un musée d'archéologie.

— J'avais oublié cet aspect de la personnalité de Freud : son amour pour l'antiquité. Il détestait l'art de son époque, particulièrement la peinture viennoise, et marchandait volontiers l'acquisition de statuettes plus ou moins authentiques. Il y a quand même quelques belles pièces, notamment des statuettes en bronze de l'époque saïte.

— L'Égypte, Akhénaton, le pharaon hérétique... N'est-ce-pas Jakob Thonberg qui nous en a parlé ?

— Remarquable mémoire, mon cher Marlow ; je ne sais pas encore pourquoi, mais je suis persuadé que ce détail n'est pas sans importance.

— À quoi le relier ?

— Observons, superintendant. Une pièce comme celle-ci est remplie de réponses ; ayons des yeux pour voir.

Au-dessus du divan, un tableau montrait le professeur Charcot donnant un cours de psychiatrie à l'hôpital de la Salpêtrière. Le bon docteur, solennel, l'air ennuyé et battu, s'adressait à un auditoire de barbes et de moustaches qui regardaient la jeune hystérique évanouie, à côté de Charcot ; un assistant à la physionomie avenante la tenait par la taille, tandis qu'une infirmière, les bras tendus, s'apprêtait à recevoir le corps inanimé. Nommé à la tête du « service des agités », Charcot avait été heureux de pouvoir observer « un musée pathologique vivant », et Freud lui en était redevable. Plus de cinq mille personnes, soumises à diverses expérimentations, avaient été enfermées dans le « grand asile » de la Salpêtrière.

— Est-il nécessaire de s'attarder ? s'enquit Scott Marlow. Je me sens de moins en moins bien.

Higgins se dirigea vers la bibliothèque, à droite du divan. Elle contenait les œuvres de Freud et de ses auteurs favoris, comme Shakespeare, Mark Twain ou Dostoïevski, mais aussi les travaux de psychanalystes qui avaient été ses amis ou ses disciples, Wilhelm Fliess, Alfred Adler, Karl Abraham, Otto Rosenfeld, Ernest Jones.

L'ex-inspecteur-chef s'attarda longtemps sur ces noms, comme s'ils recelaient quelque indication utile, et les nota sur son carnet.

— Higgins... On nous observe.

Devant la fenêtre donnant sur le jardin, un homme grand, mince, au visage dévoré par un collier de barbe noire, portant un chapeau melon noir et un costume gris.

— Docteur Thonberg... En pèlerinage ?

— Je viens ici au moins une fois par semaine, inspecteur. N'ai-je pas l'immense chance d'exercer ma discipline tout près du dernier domicile de notre père fondateur, Sigmund Freud ?

— « Père fondateur »... Méfiez-vous de ce genre d'expression, docteur, n'est-elle pas trop prégnante ?

Jakob Thonberg se renfrogna.

— Freud est Freud, inspecteur.

— Sur ce point, nous sommes d'accord.

— Mais vous-même, inspecteur... que cherchez-vous ici ?

— Une inspiration.

— Venant de quelle zone de l'inconscient ?

— Dieu seul le sait.

— Ah, Dieu ! Le grand mot est lâché !

— Vous ferait-il peur, docteur Thonberg ?

— Aucun mot ne m'effraie. Ils font tous partie de la langue de la psyché, que l'inconscient modèle et remodèle sans cesse pour les transformer en phrases sociales.

— Freud n'aimait pas beaucoup l'Angleterre, me semble-t-il.

— Mais si, inspecteur ; selon ses propres paroles, il l'appréciait « en dépit du brouillard, de la pluie, des ivrognes et du conservatisme ».

— Voilà bien des défauts, ne trouvez-vous pas ?

— Tous peuvent être surmontés par une libération du psychisme et une élaboration du moi profond.

— Le brouillard et la pluie aussi ? interrogea Marlow, sceptique.

— Ce sont à la fois des réalités objectivées et des projections de la psyché la plus archaïque, expliqua le docteur Thonberg. S'en tenir à l'observation simple vous assujettit à un carcan spatio-temporel.

— Il faut savoir faire des sacrifices, estima le superintendant, qui prenait le bureau de Freud en horreur.

— J'aimerais votre avis sur un point délicat, indiqua Higgins, tout en observant d'autres statuettes antiques occupant une étagère du bureau de Freud.

— Je suis à votre disposition, inspecteur.

— Ne pensez-vous pas que la psychanalyse consiste à déplacer un problème d'un point à un autre, et non à le résoudre ?

Jackob Thonberg se vexa.

— Sauf votre respect, monsieur Higgins, vous n'êtes qu'un profane mal informé.

— Parmi les auteurs de cette bibliothèque, lequel est votre préféré ?

Le psychanalyste faillit donner un nom, mais il se retint.

— En science, nos goûts doivent s'effacer ; tous ces chercheurs présentent un intérêt, à des degrés divers.

— Et si l'homme perçait sous le savant ?

— Hors de question, inspecteur.

— Vous avez un « Surmoi » étonnant, docteur Thonberg.

— Je refuse d'aborder ces questions avec des amateurs !

— Refusez-vous toujours de nous parler de Savitri Jong ?

— Ma position n'a pas varié et ne variera pas.

— Si vous avez la moindre culpabilité dans ce meurtre, déclara Scott Marlow, votre condamnation sera sévère.

— Superintendant ! Je suis un psychanalyste, non un assassin. Au fait, avez-vous progressé ?

— Notre enquête ne concerne pas les amateurs.

— Allons, ne faites pas la mauvaise tête ! Vous n'accableriez ni un prêtre ni un médecin ; je suis un peu l'un et l'autre, et beaucoup plus que les deux réunis. Bonne journée, messieurs.

Scott Marlow serrait les poings.

— Mais quel jeu joue-t-il, celui-là... S'il m'était permis de l'interroger à l'ancienne...

— Ne rêvons pas, mon cher Marlow.

— Ce type n'est pas net !

— Je resterai ici jusqu'à la fermeture du musée, puis je rentrerai à mon hôtel. Dans l'intervalle, pouvez-vous adresser une demande au ministère concerné et solliciter une réponse très rapide ?

— Une demande... à quel propos ?

Higgins la rédigea sur-le-champ. Marlow s'en étonna.

— Est-ce bien nécessaire, Higgins ?

— Indispensable, superintendant.

— Je ne sais pas si...

— Je compte sur votre capacité de persuasion.

— Je vais essayer.

Higgins flâna dans le bureau de Freud, s'attarda sur chaque objet, revint vers la bibliothèque et relut ses notes en faisant les cent pas.

Avec minutie, il reprit ses hypothèses une à une et les démonta. À chaque fois, un détail plus ou moins important ne s'imbriquait pas dans le puzzle. Pourtant, ici, dans cette pièce, un élément clé était à portée de sa pensée.

Quand le musée ferma, Higgins n'avait pas réussi à percer le mystère.

À cause de la pluie, il se sangla dans son *Tielocken* et, se fiant à son sens de l'orientation, marcha vers le centre de Londres. Autour de lui, plus rien n'existait ; il se concentrait sur les éléments épars de l'enquête, tentant de les rassembler en un tout cohérent qui lui offrirait à la fois l'assassin, le mobile et la manière de procéder.

Et survint le rayon de soleil de fin de journée qui perça les nuages, illumina le chemin quelques instants, et repartit vers le soleil.

Higgins croyait connaître la vérité.

★

L'ex-inspecteur-chef dégustait une marmelade traditionnelle et savourait un café à l'arôme subtil quand le téléphone sonna.

— Bonjour, superintendant... De bonnes nouvelles ?... Excellentes, en effet. Demain ? Parfait. Ayez l'obligeance de convoquer tous les suspects de la manière la plus officielle, car certains risquent de regimber. L'assassin ? Je pense l'avoir identifié. Les preuves ? Ce sera plus délicat, mais elles existent... Comment dites-vous ? De la haute voltige... Non, mon cher Marlow. De la psychanalyse, uniquement de la psychanalyse.

CHAPITRE XXIX

Il pleuvait, et la pluie était froide, comme si le printemps s'achevait déjà. Hampstead avait perdu son caractère souriant, les oiseaux s'abritaient sous les toits.

Maresfield Gardens, réquisitionné par Scotland Yard, était fermé au public ; conformément aux souhaits de Higgins et grâce à l'intervention musclée de Marlow, le bureau de Sigmund Freud serait le lieu de la confrontation d'où jaillirait peut-être la vérité.

L'ex-inspecteur-chef avait fait disposer sept chaises, face au fauteuil, au bureau et au divan du fondateur de la psychanalyse.

Le premier arrivant fut Jakob Thonberg, vêtu d'un costume gris, un melon noir sur la tête.

— Que se passe-t-il, inspecteur ?

— Nous allons tenter d'identifier l'assassin de Savitri Jong.

— Ici, dans ce bureau ?

— L'endroit vous paraît-il mal choisi ?

— Eh bien... Je ne sais trop quoi dire...

— Asseyez-vous en face de la bibliothèque, docteur.

— Je me demande...

— Je vous en prie.

Un peu raide, le psychanalyste obéit.

Lui succédèrent sir Patrick Henlon et son épouse, la comtesse Dorothy Burgozly. Cette dernière protesta énergiquement.

— J'ai du travail, inspecteur !

— Moi aussi, madame : un assassin à mettre sous les verrous.

L'intervention de Higgins coupa court à la diatribe que la comtesse s'apprêtait à débiter.

— Pourquoi nous mêler à cette sordide affaire ? s'enquit timidement sir Patrick.

— Parce que vous y êtes mêlés, répondit paisiblement l'ex-inspecteur-chef. Veuillez vous asseoir à côté du docteur Thonberg.

Pincée, la comtesse Dorothy Burgozly prit place à la gauche du psychanalyste ; à sa propre gauche s'assit son mari.

Beata Rosen gara brutalement sa Ferrari devant Maresfield Gardens, en jaillit et s'engouffra dans la maison de Freud.

— Cette convocation est illégale !

— Pas du tout, madame, le superintendant a pris soin de la rédiger dans les formes et de vous la faire parvenir dans les règles.

— Il y a déjà des gens...

— Les autres participants à cette confrontation.

— Confrontation, mais...

— Si vous êtes innocente, qu'avez-vous à craindre ? Un siège vous attend.

Le sosie de Marlène Dietrich, habillée d'une superbe robe rouge et parée de quelques bijoux en or, s'assit, très raide, à côté de sir Patrick qui n'osa pas la regarder.

Les moustaches en crocs, les cheveux en brosse, un nœud papillon s'étalant sur sa chemise blanc cassé, l'allure martiale, lord Carolus salua le superintendant et Higgins.

— Un vrai branle-bas de combat, messieurs !

— En quelque sorte, lord Carolus.

— Quel sera mon rôle ?

— Pour le moment, vous asseoir à côté de madame Rosen.

— Une femme superbe, murmura-t-il à l'oreille de Higgins.

L'arrivée du lord détendit un peu l'atmosphère ; les participants à la reconstitution se saluèrent. À peine l'aristocrate s'était-il assis que Mélania Miler, dans sa longue robe de mousseline noire, fit son apparition. Glacial fut le regard qu'elle adressa à Higgins.

— J'espérais ne pas vous revoir, inspecteur.

— L'avenir est rempli de surprises, mademoiselle ; n'est-ce pas son charme ?

— Je me passerais du vôtre.

— Auriez-vous l'obligeance de vous asseoir à côté de lord Carolus ?

— Est-ce une obligation ?

— C'est cela même, mademoiselle.

— Aucun moyen d'y échapper ?

Le bon sourire de Higgins ne masqua pas sa fermeté ; aussi Mélania Miler s'exécuta-t-elle, en dépit de son regard noir.

— Quand commençons-nous ? demanda lord Carolus Gurlingham ; j'ai un conseil d'administration à onze heures.

— Il manque encore quelqu'un, déplora Higgins.

— Une personne incorrecte, jugea Dorothy Burgozly.

Ambrosius Braid fit son entrée entre deux bobbies.

— Cet homme ne voulait pas nous suivre, expliqua l'un d'eux. Il a tenté de s'enfuir et nous avons été contraints de l'appréhender.

— Pourquoi cette attitude, monsieur Braid? s'enquit Higgins.

— Je voulais aller à mon travail... À cause de vous, je vais être renvoyé!

— Bien sûr que non; si nécessaire, nous interviendrons. Allez vous asseoir, je vous prie.

Sous le regard critique de Jakob Thonberg, de Dorothy Burgozly, de sir Patrick Henlon, de Beata Rosen, de lord Carolus Gurlingham et de Mélania Miler, Ambrosius Braid s'assit sur la chaise la plus proche de la fenêtre.

— Sommes-nous au complet? interrogea lord Carolus.

Higgins opina du chef.

— Vous savez tous qu'une Indienne de trente-neuf ans, nommée Savitri Jong, a été assassinée dans un immeuble de bureaux, Keer Gardens. L'enquête que le superintendant Marlow et moi-même avons menée nous a permis d'aboutir à des conclusions qui ne sont guère favorables à certains d'entre vous.

La comtesse Burgozly se leva.

— Voulez-vous dire que l'assassin est parmi nous?

— C'est certain.

— Je ne veux pas rester ici!

— Auriez-vous quelque chose à avouer, comtesse?

Dorothy Burgozly se rassit, vexée.

— D'après le témoignage objectif d'un Indien, révéla Higgins, Savitri Jong était une femme heureuse de vivre, appréciant les contacts, mais inquiète et angoissée, comme si elle subissait une épreuve trop dure pour elle. Comprendre la nature de cette épreuve était indispensable, mais particulièrement ardu.

Jakob Thonberg eut un sourire moqueur.

— Y êtes-vous parvenu ?

— Je l'espère, monsieur Thonberg, quoique j'aie dû me passer de votre aide.

— Les reproches n'atteignent pas un homme qui a sa conscience pour lui.

— Ce que vous avez surtout pour vous, du point de vue de Scotland Yard, c'est un alibi pour l'heure de l'assassinat de Savitri Jong.

— Merci de le reconnaître, inspecteur.

— Pourtant, Mélania Miler, qui nous a révélé que vous étiez le psychanalyste de Savitri Jong, vous a vu l'agresser.

— Moi ? Mais en quelle occasion ?

— En rêve.

— C'est absurde !

— Vous êtes mal placé pour critiquer ce mode d'investigation, docteur Thonberg.

— Vous n'allez pas m'accuser sur la base d'un indice aussi fragile.

— Le rêve n'est-il pas une réalité de première importance ?

— Mélania Miler ne cherche qu'à me nuire, c'est évident !

L'étrange femme aux cheveux noirs considéra le psychanalyste avec dédain.

— C'est tout à fait exact, approuva-t-elle, amusée. N'est-il pas bon qu'un manipulateur d'esprits fragiles prenne peur, de temps à autre ?

Jakob Thonberg se tourna vers Higgins.

— Cette femme perd la raison.

— Elle n'est pas la seule à vous critiquer durement, docteur ; la comtesse Dorothy Burgozly, lord Carolus, sir Patrick et Beata Rosen ont une piètre opinion de vous.

— Cela prouve que leurs mécanismes d'inhibition sont plus ou moins débloqués. C'est mon rôle de psychanalyste de déclencher une agressivité qui traverse les strates du non-dit pour s'exprimer de manière parcellaire et autonome. Un simple constat scientifique, inspecteur.

— Que pensez-vous de votre description par Ambrosius Braid : « Froid, calculateur, inhumain » ?

Jakob Thonberg haussa les épaules.

— À l'heure de cette confrontation, refusez-vous toujours de nous dire ce que Savitri Jong vous avait confié ?

— Bien entendu, inspecteur. Vous n'obtiendrez pas de moi un seul mot sur cette malheureuse.

— C'est scandaleux, estima lord Carolus.

— Je dirais même : criminel, ajouta la comtesse Burgozly.

— Je partage l'avis de mon épouse, approuva sir Patrick.

Le psychanalyste resta indifférent au flot de critiques.

— Puis-je allumer un cigare, inspecteur ?

— Si les dames présentes ne s'y opposent pas.

Thonberg obtint leur approbation.

— Vous n'avez rien contre moi, monsieur Higgins, et surtout pas l'ombre d'une preuve. Au lieu de tenter de planter d'inutiles banderilles, ne devriez-vous pas vous préoccuper de la véritable enquête ?

— Excellent conseil, docteur.

Le psychanalyste sourit, satisfait.

Higgins se plaça derrière Dorothy Burgozly.

— Partagez-vous cet avis, comtesse ?

CHAPITRE XXX

La petite femme aux cheveux gris sursauta.

— Mais oui, certainement... Enfin, c'est vous...

— À propos de la victime, vous avez tenu des propos plutôt étranges, comtesse.

— Moi ? Pas du tout.

Higgins consulta son carnet noir.

— « La femme que j'aurais voulu être », avez-vous déclaré. N'est-ce pas étonnant de parler ainsi d'une Indienne que vous n'avez vue qu'une seule fois et que, par ailleurs, vous considériez comme une pauvre petite, certes joyeuse et belle, mais angoissée ?

— Les mots n'expriment pas toujours la pensée, inspecteur.

— Elle incarnait une sorte de perfection à vos yeux mais, selon vous, elle n'était pas libre et avait un secret. Lequel, comtesse ?

— Mais je l'ignore, inspecteur !

— Voici beaucoup de contradictions.

— Vous les voyez là où elles n'existent pas ! Ce sont sa beauté et sa féminité que j'enviais, non ses soucis ; aujourd'hui, elle est morte et je suis vivante. Mieux vaut rester comme l'on est et, surtout, ne pas se mêler des problèmes d'autrui.

— Êtes-vous consciente, comtesse, que votre alibi pour l'heure de l'assassinat n'est guère crédible ?

— C'est pourtant la stricte vérité, inspecteur !

Le visage carré, plutôt viril, et les yeux marron semblaient exprimer une sincérité indignée qu'on ne pouvait mettre en doute.

— Pourquoi Savitri Jong n'était-elle pas libre, comtesse ?

— Quand nous nous sommes quittées, cette évidence s'est imposée à mon esprit. Les attaches de cette malheureuse étaient si profondes qu'elle ne s'en séparerait pas. Une femme est capable de percevoir des drames intimes comme celui-là.

— En matière d'attaches réussies, chère amie, dit lord Carolus Gurlingham, vous êtes une experte. Toute la *Gentry* a admiré la maestria avec laquelle vous avez capté la fortune de sir Patrick.

— Comment... comment osez-vous...

— Mon rang et mon âge m'autorisent à dire tout haut ce que tout le monde pense en silence. Bien joué, ma chère ! Parvenir à prendre dans ses filets un vieux renard comme sir Patrick n'est pas un exploit à la portée de la première venue.

La comtesse se leva.

— Je veux quitter cet horrible bureau, inspecteur !

— Désolé, madame, il faut attendre la fin de cette confrontation.

Elle se rassit, choquée.

— Un mariage de raison est-il un crime ? demanda-t-elle d'une voix tremblante.

— Certainement pas, répondit Higgins avec un bon sourire.

— Tout de même, déclara Beata Rosen sans regarder la comtesse, épouser un homme pour sa fortune n'est pas très moral.

Dorothy Burgozly rugit.

— C'est vous, Beata Rosen, veuve de trois maris fortunés, qui osez me faire la leçon ! Sir Patrick est toujours vivant, que je sache !

Scott Marlow jugea bon d'intervenir.

— Gardez votre dignité, mesdames ; sinon, à mon grand regret, je serai contraint de vous passer les menottes afin d'éviter tout incident grave.

— J'exige des excuses, lança Beata Rosen.

— Moi aussi, renchérit la comtesse.

— Nous verrons plus tard, trancha Higgins.

— On vient tout de même d'insinuer que j'ai supprimé trois hommes pour m'accaparer leur fortune !

— Si c'était le cas, madame Rosen, vous seriez en prison.

La belle milliardaire se calma.

— L'aristocratie ne vous aime guère, continua l'ex-inspecteur-chef, mais vous avez suivi votre chemin sans trop tenir compte des critiques, comme celles qu'a formulées lord Carolus.

— Elles m'indiffèrent.

— Un détail me gêne, madame.

— Lequel, inspecteur ?

— Lorsque quelqu'un vous cache un fait majeur, n'en dissimule-t-il pas un autre ?

— C'est moi que vous accusez ?

— Je ne peux rien vous cacher.

Beata Rosen sembla mal à l'aise.

— De quel méfait me soupçonnez-vous ?

— Méfait est un bien grand mot... Tout comme Savitri Jong, vous étiez la patiente de Jakob Thonberg.

— Oui, ce n'est pas un secret...

— Pourquoi avez-vous interrompu votre psychanalyse ?

— Parce que j'en avais assez, inspecteur ! Elle ne m'apportait rien de concret.

— Non, madame ; parce que vous avez accompli une démarche psychique tout à fait classique selon les psychanalystes, le « transfert » ; autrement dit, vous êtes tombée amoureuse du docteur Thonberg, et sans doute êtes-vous allée plus loin encore. En devenant la maîtresse de votre analyste, vous avez pris peur et préféré rompre plutôt que de vous engager dans une aventure à l'issue incertaine.

Beata Rosen baissa la tête.

Higgins s'adressa à Jakob Thonberg.

— N'est-ce pas une faute professionnelle, docteur ?

— Sans commentaire.

— Êtes-vous coutumier du fait, avec vos belles patientes ?

— Sans commentaire.

L'ex-inspecteur-chef regarda Beata Rosen.

— Si j'en crois le témoignage de la comtesse Burgozly, vous êtes une personne beaucoup moins solide qu'il n'y paraît. Influençable, vous l'êtes assurément, puisque le docteur Thonberg avait réussi à faire de vous sa cliente et sa maîtresse ; mais que penser de vos rapports exacts avec la victime ?

— Savitri était une amie, rien qu'une amie...

— Sir Patrick a proféré un jugement terrible à votre égard, madame Rosen, en vous qualifiant de « chancre qui ferait crever l'arbre le plus solide ».

— Ce n'est pas ce que j'ai voulu dire, protesta faiblement le mari de la comtesse.

La propriétaire de tableaux du XVIIIe siècle anglais ne releva pas la tête.

— Est-ce votre habitude, inspecteur, de prêter autant d'intérêt aux propos les plus ignobles ?

— Il m'est venu une idée, madame Rosen ; n'êtes-vous pas amoureuse de la richesse ?

— Si l'on veut...

— Savitri Jong était fortunée.

— Qu'osez-vous insinuer...

— Vous ne possédez aucun alibi pour l'heure du crime.

— Et de quelle manière me serais-je approprié ses biens ? Elle ne m'a rien légué, que je sache !

— Argument décisif, madame Rosen.

— Vous... vous croyez à mon innocence ?

— Je n'ai aucune preuve de votre culpabilité, mais vous avez peut-être frôlé le pire en côtoyant de près Savitri Jong. Les assassins ont parfois l'idée de supprimer les amis de leur victime.

Beata Rosen frissonna.

Higgins l'abandonna, et se tourna vers son voisin de gauche.

— Votre cas est plus délicat, lord Carolus : avez-vous ou non rencontré Savitri Jong ?

CHAPITRE XXXI

— Existe-t-il une raison pour mettre ma parole en doute ? J'ai dit que je ne fréquentais pas cette personne et je le confirme. S'il en était autrement, je n'hésiterais pas à évoquer nos entretiens et à vous en confier la teneur. Mon existence fut toujours tout à fait limpide, et je n'ai pas l'intention de modifier mes habitudes.

— On vous décrit volontiers comme un être impitoyable, dur en affaires, autoritaire, et fort préoccupé de votre renom. « On ne l'affronte pas, on s'écarte de son chemin », a déclaré la comtesse Burgozly.

— Cette chère Dorothy a raison, et je souscris aux qualificatifs dont on m'affuble. La nature m'a ainsi fait, et je n'en suis pas mécontent.

— Niez-vous avoir acquis de manière illégale une toile de Gainsborough que convoitait madame Rosen ?

— Il s'agissait d'une vente publique ; les achats furent effectués selon la procédure imposée.

— L'immeuble de Keer Gardens ne vous était pas inconnu.

— De nombreux hommes d'affaires sont dans mon cas ; c'est un des immeubles de bureaux les plus importants de la City, et l'un ou l'autre de mes secrétaires a dû y pénétrer.

— Veuillez vous lever, monsieur Braid, exigea Higgins, et regarder lord Carolus Gurlingham.

Un silence inquiet s'installa dans le bureau de Sigmund Freud.

Hésitant, Ambrosius Braid franchit le maigre espace qui le séparait de l'aristocrate.

— Regarder quelqu'un, comme ça, ce n'est pas très poli...

— J'en conviens, monsieur Braid, mais nous franchirons quelques instants les limites de la bienséance. Reconnaissez-vous cet homme, est-il entré dans l'immeuble de Keer Gardens ?

Chacun fut suspendu aux lèvres du gardien.

— Non, inspecteur, non. C'est la première fois que je vois lord Carolus Gurlingham.

L'aristocrate n'avait pas manifesté la moindre émotion.

Higgins feuilleta son carnet noir.

— Vous êtes quelque peu cachottier, monsieur Braid.

— Ce n'est pas mon genre, inspecteur.

Petit, bedonnant, le teint couperosé, Ambrosius Braid tripotait le bouton médian de sa veste d'uniforme.

— Je crains que notre enquête n'ait démontré le contraire. Vous avez omis de nous dire que vous aviez été chauffeur de maître avant de garder l'immeuble de Keer Gardens.

— C'est si loin...

— Votre mémoire n'est pas si défaillante : vous fûtes chauffeur à l'essai chez madame Rosen, qui ne vous a pas gardé après une période d'essai décevante.

— Ça peut arriver à n'importe qui.
— Et auparavant ?
— J'étais chauffeur.
— Chez qui ?
— C'est si loin...
— Je vais vous aider : vous étiez au service de sir Patrick Henlon. C'est la comtesse Burgozly, lors de son mariage, qui vous a chassé.
— Je n'en ai pas fait une histoire...
— Pourquoi l'avoir caché ?
— Ça n'avait aucune importance.
— Vous avez également omis de révéler que vous avez séjourné en Inde, dans le même régiment que sir Patrick, à Bombay.
— Je ne m'en souvenais même pas. J'étais homme de troupe, lui officier... On s'est à peine rencontrés.
— Confirmez-vous, sir Patrick ?
— Oui, oui, inspecteur, monsieur Braid décrit bien la situation.
— Auriez-vous également oublié de m'avouer que vous aviez rencontré Savitri Jong ? demanda Higgins au gardien.
— Je ne l'ai jamais vue, inspecteur, jamais !
— C'est vous qui avez découvert le cadavre, vous vous en souvenez ?
— Oui, mais... Ce fut un hasard ! N'importe qui...
— Non, monsieur Braid, pas n'importe qui ; le gardien de Keer Gardens, c'est vous et personne d'autre.
— Je... je ne me sens pas bien.

Ambrosius Braid retourna s'asseoir et cacha sa tête dans ses mains.

— Vous êtes un homme casanier, indiqua Higgins, et respectez scrupuleusement vos habitudes. Parmi celles-ci, des visites régulières chez sir Patrick.

Scott Marlow s'attendait à de vigoureuses protestations, mais Ambrosius Braid fut d'une mollesse surprenante.

— Non, ce n'était pas sir Patrick que j'allais voir...

— Voyons, monsieur Braid, continuerez-vous à mentir en présence de la comtesse Burgozly ?

— Non, je n'oserais pas...

— La raison de vos visites, monsieur Braid ?

— Je ne peux pas, inspecteur, je ne peux pas.

— Le superintendant Marlow avance une théorie qui ne manque pas de vraisemblance : Savitri Jong vous aurait demandé un renseignement, vous l'auriez accompagnée au local d'« Ego productions », sachant qu'il était vide, vous l'auriez violée, puis assassinée. Ensuite, vous avez fait semblant de découvrir le cadavre.

Ambrosius Braid s'accrocha à sa chaise.

— C'est faux, inspecteur, complètement faux !

— Comment puis-je avoir confiance, monsieur Braid ?

— Je veux bien parler... Mais la comtesse...

— Mon épouse pourrait sortir, proposa sir Patrick.

Le regard de Higgins dissuada l'aristocrate d'insister.

— Eh bien, marmonna Ambrosius Braid à voix basse, je servais d'intermédiaire entre quelqu'un et sir Patrick.

— Je vais vous aider, dit Higgins ; ce quelqu'un a une vie sentimentale compliquée, d'après Beata Rosen, et la comtesse Burgozly a dit d'elle : « quand on est aussi envoûtante, ne peut-on pas s'autoriser ce qui est interdit à autrui ? » Ce quelqu'un n'est autre que Mélania Miler, n'est-il pas vrai ?

Ambrosius Braid ne nia pas.

Assise à sa droite, l'étrange et séduisante maîtresse du maquillage ne parut pas décontenancée.

— Mélania Miler appelait Ambrosius Braid, expliqua Higgins, et ce dernier se rendait chez sir Patrick pour lui transmettre le message. Entre les deux hommes règne une complicité certaine qui remontait à leur séjour en Inde ; en échange d'une rémunération correcte, monsieur Braid était toujours prêt à rendre service à son ancien officier.

— Si je comprends bien, précisa lord Carolus, amusé, la délicieuse Mélania est la maîtresse de sir Patrick !

La comtesse Dorothy Burgozly se tourna vers son mari.

— Est-ce la vérité ?

— Il faut me comprendre, Dorothy... J'ai beaucoup d'estime pour toi, mais la passion...

La paire de gifles claqua comme des coups de fouet.

— Ne m'adresse plus jamais la parole, Patrick ; désormais, nous communiquerons par avocats interposés. Le divorce sera prononcé à tes torts exclusifs et il te coûtera le maximum.

— Vous avez fait un beau travail, inspecteur, se plaignit sir Patrick.

— Vous aussi, rétorqua Higgins ; ne payez-vous pas le prix de votre lâcheté ?

— Je ne vous permets pas...

— Est-il une autre appellation pour l'attitude d'un homme qui tente de faire soupçonner de meurtre la femme qu'il prétend aimer ? Mélania Miler s'est contentée de nous orienter vers Jakob Thonberg, sans doute pour vous protéger, mais vous vous avez essayé de nous faire croire que votre maîtresse était mêlée, d'une façon ou d'une autre, au meurtre de Savitri Jong.

— Je savais bien qu'elle était innocente...

Sans cesser de regarder devant elle, Mélania Miler posa la question qui lui brûlait les lèvres.

— As-tu commis cette horreur, Patrick ?

— Une simple diversion, Mélania...

— Tu as perdu ton épouse, pauvre type, et tu viens de perdre ta maîtresse.

— Attends, je vais t'expliquer...

Higgins se plaça derrière sir Patrick Henlon.

— C'est à Scotland Yard que vous devez des explications. Les soupçons que j'avais pu concevoir à propos de mademoiselle Miler n'ont pas été confirmés ; elle n'est pas l'assassin de Savitri Jong. Mais pourquoi cherchait-elle à dévier notre enquête vers le psychanalyste et pourquoi teniez-vous tellement à nous éloigner, sans hésiter à faire passer votre maîtresse pour une criminelle ?

— La peur, inspecteur, rien d'autre que la peur...

On vous décrit comme un être étrange et compliqué, sir Patrick, voire comme un fou. Le docteur Thonberg estime que l'échec de votre mariage vous conduit à une perversion mal contrôlée.

— Ce sont des ragots ! Demandez à Mélania...

— Mademoiselle Miler a fait de vous un portrait élogieux, c'est vrai, mais je pense qu'elle est revenue sur son opinion. Votre stratégie fut d'ailleurs bien médiocre, car vous n'avez même pas « accordé vos violons », comme disent les Français ; vous prétendiez ne pas la connaître, elle affirmait le contraire.

— Mais nous n'avions rien à cacher, enfin si... Je ne sais plus, moi... Mais notre liaison n'a aucun rapport avec le meurtre !

— C'est là que le bât blesse, sir Patrick ; nos avis pourraient diverger sur ce point.

— Mais comment...

— Il apparaît que vous êtes d'un tempérament plutôt volage et que le mariage n'a pas refréné vos ardeurs. Or, vous avez séjourné en Inde et vous y avez rencontré Savitri Jong. Nous savons que cette dernière était mariée et qu'elle cachait le véritable nom de son époux. Pour quelle raison ? Parce qu'il était lui-même marié ! Et cet homme mystérieux, c'est vous, sir Patrick.

— Je vous jure que non, inspecteur !

— Ne supportant plus cette situation, Savitri Jong avait décidé de révéler son union au grand jour. Cette décision lui a coûté la vie. Et vous n'avez pas d'alibi pour l'heure du crime, sir Patrick. Voilà beaucoup d'indices accumulés contre vous.

— Lâche et criminel, jugea la comtesse Dorothy Burgozly.

— Je n'ai pas tué cette femme ! affirma sir Patrick ; vous devez me croire, inspecteur !

Redoutant une réaction inattendue, Marlow surveillait le fabricant de théières.

Higgins alla s'asseoir sur le fauteuil de Freud.

— J'ai épuisé toutes les hypothèses plausibles, avoua-t-il ; mais il existe un autre chemin, qui passe par d'obscurs méandres.

CHAPITRE XXXII

— Cette affaire est d'une grande complexité, poursuivit Higgins, car elle mêle plusieurs types de culpabilité. Longtemps, j'ai cru qu'il y avait deux assassins dans le bureau d'« Ego productions », un homme et une femme, parce que je pensais à un crime... classique. Mais il s'agissait d'une machination si perverse qu'elle a failli se traduire par un crime parfait. Si une petite erreur n'avait pas été commise, cette machination aurait réussi

Jakob Thonberg se leva, irrité.

— Je proteste énergiquement, inspecteur.

— Êtes-vous en désaccord avec moi, monsieur Thonberg ?

— Je me moque de votre théorie, mais je vous rappelle que nous sommes dans une sorte de sanctuaire et que personne n'a le droit de s'asseoir sur le fauteuil de Sigmund Freud.

— Seriez-vous fétichiste ?

La question surprit le psychanalyste.

— Une longue réponse serait nécessaire, car...

— Dispensez-m'en, docteur, et rasseyez-vous.

— Il n'est pas question de refouler cette interrogation.

— Ce n'est pas mon intention, rassurez-vous.

— Parfait.

Jakob Thonberg reprit sa place.

— Nous avons obtenu une information capitale, rappela l'ex-inspecteur-chef : Savitri Jong était mariée à Hughes Chessman. Malheureusement, nous n'avons pu retrouver cet homme, car la malheureuse avait donné un faux nom. Pourquoi avait-elle menti, elle que Beata Rosen évoquait comme « un oiseau pourchassé qui ne savait où trouver refuge ? »

— N'était-ce pas pour protéger mon mari ? s'inquiéta Dorothy Burgozly.

— On pouvait le croire, comtesse, mais ce n'était pas la bonne solution. Nous avons supposé que Savitri Jong voulait cacher le nom de cet homme, et cet homme lui-même, parce qu'il était difforme, malade, affligé d'une tare quelconque ou, plus probablement, parce qu'il n'appartenait pas à sa classe sociale. Comme vous, monsieur Braid.

— Moi ? Mais je ne l'ai jamais vue !

— Si, dans le bureau d'« Ego Productions ».

— À l'état de cadavre, inspecteur !

Higgins tourna une page de son carnet noir.

— Le superintendant Marlow a posé une excellente question : pourquoi, dans ces conditions, Savitri Jong n'avait-elle pas divorcé ? L'amour qu'elle éprouvait pour ce mari mystérieux était une réponse possible, mais une autre m'a paru plus convaincante : la peur. En réalité, ce n'était pas elle qui menait le jeu, mais lui, son mari. C'est lui qui a exigé qu'elle donne un faux nom afin de dissimuler sa véritable identité. Une identité qui devait donc être protégée.

De nouveau, un profond silence s'établit dans le bureau de Sigmund Freud. Higgins laissa au coupable le temps de se dénoncer, mais ce dernier n'utilisa pas ce répit. Sans doute ne croyait-il pas que l'ex-inspecteur-chef avait réussi à remonter jusqu'à lui.

— Bien que le témoignage de Beata Rosen soit sujet à caution, j'ai retenu sa déclaration : « Savitri Jong m'a parlé d'une de ses relations, un autre amateur de peinture, lord Carolus Gurlingham ». Elle a reconnu qu'elle voulait nuire au lord qui l'avait repoussée, mais elle n'est pas revenue sur cette phrase. Savitri Jong l'a-t-elle bien prononcée, madame Rosen ?

— Oui, inspecteur.

— Cette « relation » était fort étroite, en effet, car vous étiez bien le mari de la victime, lord Carolus.

L'aristocrate demeura imperturbable.

— Surprenante affirmation, inspecteur.

— Comme vous aviez conscience que le superintendant et moi-même allions enquêter sur vous, vous nous avez révélé, avec une feinte spontanéité, que vous aviez séjourné en Inde, où vous avez rencontré Savitri Jong. Il sera aisé de prouver que vous connaissiez également son père, né en Syrie.

— Pourquoi en êtes-vous si sûr ?

— À cause de la présence d'une mosaïque de Palmyre que vous avez acquise sur place. Or Palmyre est en Syrie, et votre commentaire sur cette œuvre « l'important, c'est que ça soit beau », fut un peu court. Une autre de vos réactions fut significative : lorsque je vous ai montré une photo de Savitri Jong, que vous prétendiez n'avoir jamais rencontrée, vous n'avez pas manifesté de l'indifférence, bien au contraire. Cette photo, vous l'avez gardée, comme le souvenir d'un être cher. Vous l'aimiez, n'est-ce pas ?

Lord Carolus Gurlingham garda le silence.

— Vous l'aimiez et vous l'avez épousée en Inde selon des rites locaux ; elle ne rêvait que de devenir votre épouse ici, en Angleterre, mais un lord de votre stature marié à une Indienne, fût-elle riche et belle, cela ne se fait pas.

— Même si tout cela est vrai, protesta l'aristocrate, retrouvant un peu de sa superbe, cela ne fait pas de moi un assassin !

— Vous n'êtes pas seul responsable, reconnut Higgins, et j'ai rarement vu une manipulation aussi poussée. Pour l'heure de l'assassinat, on vous a conseillé de ne donner aucun alibi, car la plupart des innocents n'en possèdent pas. Sur le lieu du crime, aucun indice ne vous désigne, du moins en apparence.

— Comment, en apparence ?

— Vous souvenez-vous du petit bloc de bronze déposé sur les peignoirs et les serviettes de bain ?

Lord Carolus fronça les sourcils.

— Plus ou moins...

— J'ai d'abord cru qu'il s'agissait d'un objet fantaisie servant à parfumer le linge, donc en rapport avec Mélania Miler, mais cette dernière m'a détrompé. Une petite phrase de sir Patrick m'a rappelé que, « en psychanalyse, chaque mot a son importance ». Or, « rocher de bronze » n'est pas un terme anodin, loin de là. C'est le nom qu'avait donné Sigmund Freud à Karl Abraham, né le 3 mai 1872 à Brême, et auteur de l'analyse du pharaon hérétique Akhénaton. Karl Abraham, Karl... Et votre prénom est Carolus. Il s'agit du même mot, et de la signature de votre crime.

Lord Carolus Gurlingham se leva très lentement, la lèvre pendante.

— Mais ce n'est pas moi...

— Non, ce n'est pas vous qui avez déposé cet objet dans le bureau de Keer Gardens, mais votre victime, Savitri Jong, sur l'ordre de son psychanalyste, qui avait prévu une issue fatale et se dégageait ainsi de toute responsabilité psychique en désignant allégoriquement le coupable. Vous-même, lord Carolus, avez préservé le corps de votre épouse, en évitant de la défigurer et de la mutiler, car vous l'aimiez encore, même après l'avoir tuée.

Lord Carolus Gurlingham n'était plus qu'une enveloppe vide, une statue de chair inerte. Quand Scott Marlow lui passa les menottes, il répétait « Savitri... Savitri... ».

Higgins s'adressa à Jakob Thonberg.

— Allongez-vous sur le divan de Freud, ordonna-t-il.

— Mais... c'est interdit !

— Pas aujourd'hui.

— Ce serait... un sacrilège !

Le regard de Higgins était si impérieux que le psychanalyste fut obligé d'obéir. Lorsqu'il fut allongé sur le dos, Higgins s'assit sur le siège bas à quatre pieds, tout près du patient.

— Vous étiez le psychanalyste de Savitri Jong, un sujet particulièrement sensible et vulnérable. Son désir le plus profond était d'apparaître comme l'épouse officielle de lord Carolus. Un désir qui tournait à l'obsession, et que vous avez décidé de traiter à votre manière.

Tous les muscles de Jakob Thonberg se raidirent.

— Freud est un véritable dieu pour vous, docteur Thonberg. Comme lui, vous portez un chapeau et un costume gris. Vous habitez Hampstead, comme lui, vous fumez le cigare parce que Freud affirmait qu'il accroît la capacité de travail et de maîtrise de soi. La statue miniature du *Moïse* de Michel-Ange était indispensable, puisque Freud a révélé qu'aucune œuvre n'avait produit sur lui un effet plus intense.

— C'est vrai, inspecteur... Est-il un autre modèle que Sigmund Freud ? Ceux qui le critiquent sont des ennemis du progrès. Il nous a apporté la vérité sur l'homme.

— Espérons que non, docteur Thonberg. Quand j'ai cité le nom de la société « Ego Productions », vous m'avez confié que vous auriez aimé être l'auteur de cette trouvaille. Quel refoulement, puisque vous l'êtes.

— Mon œuvre, « Ego Productions »...

— Votre trouvaille psychanalytique fut de première grandeur : puisque lord Carolus et Savitri Jong, bien que mariés, ne pouvaient apparaître comme un couple officiel, vous leur avez conseillé de jouer aux amants et de se rencontrer en cachette, dans un immeuble de bureaux anonyme, pour mieux transgresser leur interdit. Une condition, cependant : qu'ils ne s'avouent pas être mari et femme, qu'ils ne parlent jamais de leur véritable identité. Mais Savitri Jong n'a pas respecté la règle du jeu, et lord Carolus a été obligé de la tuer et d'allonger le cadavre sur un canapé, le divan du psychanalyste, votre divan.

— Le psychisme a ses lois, même si vous ne le comprenez pas.

Higgins consulta son carnet noir.

— Le couple abritait des « amours extraordinaires » dans un endroit secret, précisa-t-il. « Extraordinaires », mais pas illégitimes. L'idée fausse, qui nous égarait, était de rechercher des amants, voire un adultère, alors qu'il s'agissait d'un couple légitime s'adonnant à un fantasme que vous leur aviez prescrit, en y ajoutant le châtiment obligatoire en cas d'infraction à votre règle maléfique. Et vous avez même pris la précaution de placer dans l'armoire à linge le « rocher de bronze » afin de soulager votre conscience en cas de malheur.

— Mon alibi est parfait, vous ne pouvez rien prouver contre moi. Il me suffira de nier ce que vous venez de raconter.

— Vous allez avouer, Thonberg.

— Jamais !

— Vous rappelez-vous la rencontre entre Jung et Freud en 1909 ?

— Oui, bien sûr...

— Jung était très mal à l'aise, son diaphragme le brûlait, il sentait la présence d'un esprit mauvais dans le bureau de Freud.

— « Quelle sottise !, s'est exclamé Sigmund Freud. »

— Il avait tort, objecta Higgins, car la bibliothèque émit des craquements sinistres et menaça de s'écrouler sur lui.

Soudain, les livres de la bibliothèque commencèrent à remuer, les étagères tremblèrent, et un poids énorme vacilla, prêt à s'écrouler sur Jakob Thonberg.

Ce dernier redressa le buste mais, d'une poigne vigoureuse, Higgins le plaqua sur le divan.

— Laissez-moi partir !

— Avouez, Thonberg.

— Oui, je suis l'assassin, c'est moi qui ai tout combiné, mais laissez-moi partir !

Lorsque la première rangée de livres s'effondra, le psychanalyste bondit vers la fenêtre et se heurta à Scott Marlow qui freina son élan.

ÉPILOGUE

Jakob Thonberg et lord Carolus Gurlingham avaient été inculpés pour complicité de meurtre et meurtre avec préméditation, et incarcérés. Higgins, lors d'un déjeuner en tête à tête avec la reine mère, lui avait révélé les dessous de cette terrifiante affaire. *Queen Mum* avait déploré le destin tragique de la malheureuse Savitri Jong, et félicité Scotland Yard d'avoir prouvé, une fois de plus, son efficacité. L'ex-inspecteur-chef avait beaucoup insisté sur le rôle éminent joué par le superintendant de première classe Scott Marlow, dont le dévouement à la famille royale demeurait sans faille. *Queen Mum*, à la mémoire infaillible, s'en souviendrait.

Higgins passa à Scotland Yard pour communiquer la bonne nouvelle à Scott Marlow, qui rosit de bonheur.

— L'avenir s'annonce riant, superintendant ; pour vous au Yard, pour moi sur mes terres.

— Avant de quitter Londres, vous avez un rendez-vous.

— Qui donc ?

— Une dame qui n'a pas voulu dire son nom. À Trafalgar Square, dans une heure.

★

Il faisait beau, les pigeons et les touristes s'agitaient.

Drapée dans sa longue robe de mousseline noire, Mélania Miler ne manquait pas d'admirateurs.

— Merci d'être ponctuel, inspecteur.

— Un ennui, mademoiselle ?

— Je voulais m'excuser. J'ai été odieuse avec vous, et vous ne le méritiez pas ; je suis même persuadée que vous ne m'avez jamais soupçonnée.

— Me pardonneriez-vous, si cette mauvaise pensée m'avait traversé l'esprit ?

Elle sourit, énigmatique et envoûtante.

— Si j'osais... j'aimerais étudier votre visage pour composer un maquillage destiné aux hommes raffinés.

— Vous seriez bien déçue ; je ne suis qu'un vieil inspecteur à la retraite, incapable de séduire quiconque.

— Je peux vous affirmer le contraire, monsieur Higgins, et je compte bien obtenir votre accord.

— Parmi mes défauts, mademoiselle, il y a l'obstination ; bien que je sois désolé de vous décevoir, je pars ce matin même pour un village paisible, loin du monde et du bruit.

— Vous serez mon plus grand regret.

— Le temps efface les déceptions plus vite qu'on ne l'imagine ; vous avez tellement de produits à inventer que vous m'oublierez rapidement.

— Vous vous sous-estimez, monsieur Higgins ; avant de nous séparer, puis-je vous demander de m'éclairer sur l'un de vos secrets ?

— Qui ne tente rien...

— Cette reconstitution, dans le bureau de Freud, m'a beaucoup impressionnée... Cette bibliothèque qui vacillait, cette masse de livres qui allait s'effondrer sur le psychanalyste, ce mur qui tremblait... Moi aussi, j'avais peur. Je voudrais tellement savoir : comment avez-vous organisé cette mise en scène ?

— Quelle mise en scène, mademoiselle ?

Composé par EURONUMÉRIQUE 92120 Montrouge
et achevé d'imprimer en décembre 1996
sur les presses de la Société Nouvelle Firmin-Didot
à Mesnil-sur-l'Estrée (Eure)

- N° d'imprimeur : 36931 -
- N° d'éditeur : DSY 33 -
Dépôt légal : décembre 1996

Imprimé en France